CUENTOS DE

BRAM STOKER

Austral Cuentos

CUENTOS DE

BRAM STOKER

Traducción

Jon Bilbao

Obra editada en colaboración con Editorial Planeta – España

Títulos originales de los cuentos: *A Gipsy Prophecy, The Judge's House, The Secret of the Growing Gold, The Coming of Abel Behenna, The Squaw, Dracula's Guest.*

Bram Stoker

© Traducción: Jon Bilbao
Traducción cedida por Editorial Páginas de Espuma

© 2021, Editorial Planeta, S. A. – Barcelona, España

Derechos reservados

© 2022, Editorial Planeta Mexicana, S.A. de C.V.
Bajo el sello editorial AUSTRAL M.R.
Avenida Presidente Masarik núm. 111,
Piso 2, Polanco V Sección, Miguel Hidalgo
C.P. 11560, Ciudad de México
www.planetadelibros.com.mx

Diseño de la colección: Austral / Área Editorial Grupo Planeta
Ilustración de la portada: © Núria Just

Primera edición impresa en España en Austral: marzo de 2021
ISBN: 978-84-08-23940-6

Primera edición impresa en México en Austral: marzo de 2022
ISBN: 978-607-07-8486-6

Impreso en los talleres de Impresora Tauro, S.A. de C.V.
Av. Año de Juárez 343, Col. Granjas San Antonio,
Iztapalapa, C.P. 09070, Ciudad de México
Impreso y hecho en México / *Printed in Mexico*

Índice

La profecía gitana

—Creo de veras —dijo el médico— que, en cualquier caso, uno de nosotros debería ir a comprobar si se trata de un engaño.

—Muy bien —repuso Considine—. Después de cenar nos fumaremos un cigarro mientras vamos dando un paseo al campamento.

De acuerdo al plan, al cabo de la cena, y cuando terminaron el *La Tour*, Joshua Considine y su amigo, el doctor Burleigh, se encaminaron hacia el este del páramo, donde se ubicaba el campamento gitano. Al principio del paseo, Mary Considine, que los había acompañado hasta donde terminaba el jardín y arrancaba el camino, llamó la atención de su esposo para decirle:

—Recuerda, Joshua, les vas a conceder una oportunidad, pero no les des pistas que los ayuden a predecir tu futuro, y nada de flirtear con las chicas gitanas, y asegúrate de que Gerard no se meta en líos.

A modo de respuesta Considine alzó una mano, como si estuviera parando un carruaje, y silbó la melodía de la vieja canción *The Gipsy Countess*. Gerald se sumó a la interpretación y, riendo alegremente, los dos hombres abandonaron el camino, se adentraron en las tierras comunales y fueron volviéndose de cuando en cuando para saludar con la mano a Mary, que, inclinada sobre la portilla, a la luz del crepúsculo, observaba cómo se alejaban.

Era un encantador atardecer de verano, la atmósfera estaba henchida de paz y serena felicidad, como si la tranquilidad y el júbilo que hacían del hogar de la joven pareja un lugar divino se hubieran proyectado puertas afuera. Considine no había tenido una vida azarosa. El único episodio perturbador había sido su galanteo a Mary Winston, y la negativa recia y persistente de sus ambiciosos padres, que querían un buen partido para su única hija. Cuando el señor y la señora Winston descubrieron el afecto que el joven abogado profesaba a su hija, trataron de separar a la pareja enviando a Mary a un largo periplo de visitas, no sin antes obligarla a prometer que no mantendría correspondencia con su amado durante la ausencia. El amor, no obstante, superó la prueba. Ni la ausencia ni la falta de comunicación hicieron mella en la pasión del joven, y su naturaleza optimista parecía desconocer los celos; así que, tras una larga espera, los padres cedieron y la pareja contrajo matrimonio.

Llevaban unos meses viviendo en el *cottage*, que empezaban a sentir como su hogar. Gerald Burleigh, viejo amigo de Joshua de los tiempos de la universidad, y también él una víctima de los encantos de Mary, había llegado hacía una semana, dispuesto a quedarse con ellos tanto tiempo como se lo permitiera su trabajo de Londres.

Cuando su marido se perdió de vista, Mary volvió a la casa, se sentó al piano y dedicó una hora a Mendelssohn.

El campamento gitano estaba a un corto paseo de distancia, y los dos hombres llegaron antes de terminar sus cigarros. Era tan pintoresco como suelen serlo los campamentos gitanos, siempre que están en el campo y el negocio marcha bien. Había unas pocas personas alrededor de una hoguera, invirtiendo su dinero en profecías, y un número mucho mayor, gente más pobre o más reacia, más allá del límite del campamento pero lo bastante cerca como para ver lo que sucedía.

Al aproximarse los dos caballeros, los vecinos, que conocían a Joshua, les abrieron paso, y una bonita gitana de intensa mirada les salió al paso y se ofreció a leerles su destino. Joshua tendió la mano, pero la chica, como si ni siquiera se hubiera dado cuenta, lo miró a los ojos de modo muy extraño. Gerald dio un codazo a su amigo.

—Debes obsequiarla con plata —dijo—. Es una de las partes más importantes del ritual.

Joshua sacó media corona del bolsillo y se la tendió a la chica, que ni siquiera se dignó mirarla, sino que dijo:

—Debes obsequiar la mano de una gitana con oro.

—Eres una presa de primera —dijo Gerald riéndose.

Joshua era de la clase de hombres —la más extendida a nivel universal— que disfrutan siendo contemplados por una chica bonita, así que con moderada prudencia respondió:

—Muy bien, aquí tienes, preciosa, pero a cambio debes conseguirme un destino propicio —dijo tendiéndole medio soberano, que ella tomó.

—No depende de mí —dijo la chica— que el destino sea bueno o malo. Yo solo leo lo que dicen las estrellas.

La gitana le tomó la mano y volvió la palma hacia arriba; pero en cuanto posó la vista en ella la soltó tan rápido como si estuviera al rojo vivo, y con una mirada de susto se escabulló a toda prisa. Apartó la cortina que cerraba una gran tienda en el centro del campamento y desapareció en su interior.

—¡Te ha timado! —dijo el cínico de Gerald, mientras Joshua permanecía perplejo y en absoluto satisfecho.

Los dos contemplaban la gran tienda. Unos instantes después salió de ella no la chica, sino una mujer de mediana edad de imponente apariencia y aires autoritarios.

En cuanto apareció, todo el campamento quedó paralizado. El clamor de conversaciones en diferentes lenguas, de risas y el ruido de las distintas labores que allí se desempeñaban se interrumpieron por unos segundos, y todo hombre o mujer que estuviera sentado, acuclillado o tumbado se puso en pie y se volvió hacia la gitana de porte imperial.

—La reina, claro está —murmuró Gerald—. Es nuestra noche de suerte.

La reina gitana escrutó el campamento y, sin dudarlo un instante, se acercó directa a Joshua y se plantó ante él.

—Muéstrame la mano —dijo de manera imperiosa.

—No me habían hablado así desde que estaba en el colegio —dijo Gerald, de nuevo *sotto voce*.

—Debe haber una ofrenda de oro.

—Parece que esta vez va en serio —susurró Gerard, mientras Joshua depositaba otro medio soberano en la palma de la mano de la gitana.

La gitana contempló la mano frunciendo el ceño y a continuación, mirándolo a la cara, dijo:

—Posees una gran fuerza de voluntad. ¿Tienes también un buen corazón, capaz de demostrar valor por alguien a quien amas?

—Confío en ello, pero me temo que no soy tan vanidoso como para decir que sí.

—En ese caso yo responderé por ti, pues veo determinación en tu rostro, una determinación capaz de llegar al extremo, cueste lo que cueste y pese a quien pese, si así ha de ser. ¿Tienes una esposa a la que amas?

—Sí —dijo él enfáticamente.

—Entonces déjala ahora mismo. Nunca vuelvas a verla. Aléjate de ella ahora que tu amor es joven y tu corazón se halla limpio de intenciones perversas. Vete rápido, vete lejos ¡y nunca vuelvas a verla!

Joshua arrancó su mano de la de la gitana, dijo «¡Gracias!», con frialdad y sarcasmo, y luego empezó a alejarse.

—Calma —dijo Gerald—. No hay necesidad de comportarse así, amigo mío. De nada sirve indignarse con las estrellas y sus profecías, y además, ¿qué hay de tu soberano? Al menos escucha todo lo que ella tenga que decir.

—¡Silencio, irreverente! —ordenó la reina—. No sabes lo que haces. Déjalo ir y permanecer en la ignorancia, si prefiere no ser advertido.

Joshua se volvió de inmediato.

—Bien, lleguemos hasta el final —dijo—. Señora, me ha dado usted un consejo, pero yo he pagado para saber mi destino.

—¡Te lo advierto! —dijo la gitana—. Las estrellas han guardado silencio mucho tiempo; deja que el misterio siga siéndolo.

—Señora mía, no me topo con un misterio todos los días, y prefiero conocimientos a cambio de mi dinero antes que ignorancia, de la que puedo conseguir cuanta quiera, siempre que lo desee y a cambio de nada.

—Yo mismo dispongo de una gran reserva que no hay forma de vender —dijo Gerard haciéndose eco.

La reina gitana los miró con dureza.

—Como queráis. Habéis hecho vuestra elección, y habéis respondido a la advertencia con desdén y a la súplica con frivolidad. ¡Que sobre vuestras cabezas caiga la condena!

—¡Amén! —dijo Gerald.

Con gesto imperioso, la reina volvió a tomar la mano de Joshua y le leyó su destino.

—Veo sangre correr. Sucederá pronto. Corre ante mis ojos. Fluye a través del círculo roto de un anillo cortado.

—¡Continúe! —dijo Joshua sonriendo.

Gerald guardaba silencio.

—¿Puedo hablar con claridad?

—Claro que sí. A los comunes mortales nos gustan las cosas inequívocas. Las estrellas están muy lejos y sus palabras se pierden un poco en el trayecto.

La gitana se estremeció, tras lo que habló sin rodeos.

—Es esta la mano de un asesino. ¡El asesino de su esposa!

Soltó la mano y se apartó. Joshua rompió a reír.

—¿Sabe una cosa? —dijo—. Creo que si yo fuera usted introduciría un poco de jurisprudencia en mis profecías. Por ejemplo, dice que «esta mano es la de un asesino». Bien, sea lo que llegue a ser en el futuro, potencialmente, hoy por hoy no lo es. Debería usted expresar su profecía en términos tales como «la mano que pertenecerá a un asesino» o «la mano de quien será el asesino de su esposa». A las estrellas no se les dan nada bien las cuestiones técnicas.

La gitana no replicó sino que, con la cabeza gacha y aire abatido, volvió despacio a su tienda, alzó la cortina y desapareció dentro.

Sin decir nada, los dos hombres emprendieron el camino de regreso a través del páramo. Finalmente, al cabo de ciertas vacilaciones, Gerald tomó la palabra.

—Está claro, amigo mío, que ha sido una broma, escalofriante, pero una broma al fin y al cabo. Aun así, ¿no sería mejor que nos lo guardáramos para nosotros?

—¿Qué quieres decir?

—Que no se lo cuentes a tu mujer. Podría preocuparla.

—¡Preocuparla! Mi querido Gerald, ¿en qué

estás pensando? Ella no se preocuparía ni se asustaría aunque todas las gitanas salidas de Bohemia coincidieran en que yo iba a asesinarla. Ni siquiera se detendría un segundo a considerarlo.

—Viejo amigo, las mujeres son supersticiosas —protestó Gerald—, mucho más que los hombres; y además han sido bendecidas, o malditas, con un sistema nervioso que a nosotros, los hombres, nos es completamente desconocido. Veo demasiadas muestras en mi trabajo como para no saberlo. Sigue mi consejo y no se lo cuentes, o la asustarás.

La expresión de Joshua se endureció de manera inconsciente al contestar.

—Querido amigo, yo nunca le ocultaría un secreto a mi esposa. Eso supondría el comienzo de un nuevo orden de cosas. No tenemos secretos entre nosotros. Si alguna vez llegamos a tenerlos, puedes estar seguro de que algo malo nos sucede.

—Aun así —dijo Gerald—, a riesgo de entrometerme, vuelvo a pedirte que sigas mi advertencia.

—Lo mismo que dijo la gitana —respondió Joshua—. Tú y ella estáis muy de acuerdo. Dime, amigo, ¿ha sido un montaje? Tú fuiste el que me habló del campamento gitano... ¿Lo organizaste todo junto con su majestad? —preguntó con seriedad juguetona.

Gerald le aseguró que había sabido del campamento aquella misma mañana y se burló de cada una de las siguientes réplicas de su amigo, y así, entre chanza y chanza, pasó el tiempo y llegaron al *cottage*.

Mary estaba sentada al piano pero sin tocar. La borrosa luz del crepúsculo le había despertado tiernos sentimientos y tenía los ojos húmedos. Cuando entraron los hombres, corrió hacia su marido para besarlo. Joshua adoptó una actitud trágica.

—Mary —dijo con voz profunda—, antes de que te acerques a mí, escucha las palabras de la fortuna. Las estrellas han hablado y el destino está sellado.

—¿Cuál es, querido? Dime el destino, pero no me asustes.

—En absoluto, querida, pero hay una verdad que debes saber. Es necesario para que hagas tus planes con antelación, y todo se efectúe en orden y como tiene que ser.

—Adelante, querido, te escucho.

—Mary Considine, puede que tu efigie acabe en el museo de Madame Tussaud. Las estrellas, con la *jurisimprudencia* que las caracteriza, han relevado la noticia fatal, que esta mano acabará roja de sangre, tu sangre. ¡Mary! ¡Mary! ¡Dios mío!

Se abalanzó hacia ella pero demasiado tarde para impedir que cayera al suelo desmayada.

—Te lo advertí —dijo Gerald—. No las conoces tan bien como yo.

Mary se recuperó poco después, pero solo para ser presa de un ataque de histeria, durante el que rio, lloró, desvarió y gritó.

—Apártalo de mí, aparta de mí a Joshua, mi marido —dijo entre otras cosas, suplicante y asustada.

Joshua Considine se hallaba al filo de la agonía y, cuando Mary por fin se calmó, se arrodilló junto a ella y le cubrió de besos los pies, las manos y el cabello, y le habló con palabras tiernas y le dedicó cuanta declaración de cariño se le pudo ocurrir. A lo largo de la noche y casi hasta el amanecer ella se despertó una y otra vez y lloraba asustada hasta asegurarse de que su marido velaba a su lado.

A la mañana siguiente, mientras daban cuenta de un desayuno tardío, Joshua recibió un telegrama mediante el que lo reclamaban en Withering, a unos treinta kilómetros de allí. Era reacio a ir, pero Mary no quiso saber nada de que se quedara en casa, y antes del mediodía partió solo en el carruaje que empleaba para salir de caza.

Cuando él se fue, Mary se retiró a su habitación. No salió de allí a la hora de comer, pero a la tarde, cuando se sirvió el té en el césped bajo el gran sauce del jardín, se sumó a su invitado. Parecía casi del todo recuperada. Al cabo de unas frases casuales, dijo a Gerald:

—Lo de anoche fue una tontería, pero no pude evitar asustarme. De hecho, volvería a hacerlo si cediera a pensar en ello. Pero puede que al fin y al cabo no sean más que fantasías de esa gente, y se me ha ocurrido una forma de demostrar sin lugar a dudas que la predicción es falsa..., si es que lo es —añadió con tristeza.

—¿Cuál es tu plan? —preguntó Gerard.

—Iré al campamento gitano y haré que la reina me lea mi destino.

—Estupendo. ¿Puedo acompañarte?

—¡No! Eso lo estropearía todo. Ella podría reconocerte y deducir quién soy yo, y sabría lo que le conviene decir. Iré sola, esta tarde.

Al final de la tarde Mary Considine partió hacia el campamento gitano. Gerald la acompañó hasta el límite de las tierras comunales y luego volvió solo a casa.

Apenas había transcurrido media hora cuando Mary entró en el salón, donde él leía tumbado en un sofá. Estaba pálida como un fantasma y atacada por una extrema agitación. Casi no había superado el umbral cuando se derrumbó y cayó de rodillas sobre la alfombra, sollozando. Gerald corrió a ayudarla pero, con gran esfuerzo, ella se recompuso y le pidió que guardara silencio. Él esperó, y el mero hecho de plegarse a su solicitud y no hacerle preguntas pareció ayudarla, ya que pocos minutos después ella se había recuperado en parte y fue capaz de contarle lo sucedido.

—Cuando llegué —dijo— parecía no haber ni un alma. Fui al centro del campamento y me quedé allí. De pronto apareció una mujer alta a mi lado. «He sentido que se me necesitaba», dijo. Extendí la mano y puse una moneda de plata en ella. Ella se quitó del cuello una baratija dorada y la dejó también en mi palma, luego tomó ambas cosas y las lanzó al arroyo que por allí discurre. Cogió a continuación mi mano y dijo: «Nada salvo sangre en este lugar para la culpa», y dio media vuelta. Conseguí detenerla y le pedí que me contara algo más. Dudó pero exclamó: «¡Ten cuidado! ¡Mucho cuidado! Te veo yacer a los pies de tu esposo, y sus manos están ensangrentadas».

Eso no tranquilizó a Gerald en absoluto, pero se esforzó por reírse.

—Seguramente —dijo— esa mujer tiene una fijación con el asesinato.

—No te rías —dijo Mary—. No lo soporto.

Y, llevada por un impulso repentino, salió del salón.

Poco después volvió Joshua, tranquilo y risueño, y tan hambriento como un cazador. Su presencia animó a su esposa, que parecía mucho más contenta, pero esta no mencionó su visita al campamento gitano, así que Gerald tampoco dijo nada. Como si existiera un acuerdo tácito al respecto, no se hizo mención al tema en toda la tarde. Pero Mary tenía una expresión extraña, inamovible, que Gerald no pudo dejar de observar.

Por la mañana Joshua bajó a desayunar más tarde de lo habitual. Mary llevaba una hora levantada y haciendo cosas por la casa, pero a medida que transcurría el tiempo iba poniéndose más nerviosa y de vez en cuando lanzaba una mirada inquieta a su alrededor.

A Gerald le fue imposible no fijarse en que ninguno de ellos disfrutó del desayuno. No fue porque las chuletas estuvieran duras sino porque todos los cuchillos estaban desafilados. Tratándose de un invitado, él, claro está, no dio muestras de haberlo notado, pero vio cómo Joshua, en un gesto en apariencia inconsciente, pasaba la yema del pulgar por el filo de su cuchillo. Al darse cuenta, Mary empalideció y a punto estuvo de caer desmayada.

Tras el desayuno salieron al jardín. Mary estaba reuniendo un ramo de flores.

—Consígueme unas rosas de té, querido —dijo a su marido.

Joshua se dirigió a un macizo en el frente de la casa. Los tallos se doblaban pero eran demasiado duros y no llegaban a romperse. Se llevó la mano al bolsillo, en busca de su navaja, pero en vano.

—Déjame tu navaja, Gerald.

Como este no tenía, Joshua fue al salón donde acostumbraban a almorzar y cogió un cuchillo. Salió al jardín probando el filo y quejándose.

—¿Qué diantres les ha pasado a todos los cuchillos? No hay ninguno afilado.

Mary entró apresuradamente en la casa.

Joshua se puso a cortar rosas con el cuchillo sin filo, igual que los cocineros cortan el cuello a los pollos o los escolares, bramante. Con un poco de esfuerzo concluyó la tarea. El macizo de rosas era muy abundante, así que decidió formar un gran ramo.

No fue capaz de encontrar ni un cuchillo afilado en el aparador donde guardaban los cubiertos, así que llamó a Mary y le dijo lo que pasaba. Ella se mostró tan inquieta y abatida que él adivinó la verdad, y, estupefacto y herido, le preguntó:

—¿Quieres decir que lo has hecho tú?

—Joshua —dijo ella sin poder contenerse—, estaba muy asustada.

Él se puso pálido y su rostro adoptó una expresión rígida.

—¡Mary! ¿Es esta la confianza que tienes en mí? Nunca lo habría creído.

—¡Joshua! ¡Joshua! Perdóname —suplicó ella, y rompió a llorar.

Joshua se detuvo a pensar un momento.

—Ya comprendo lo que sucede —dijo—. Es mejor que acabemos con esto antes de que nos volvamos locos.

Entró a zancadas al salón.

—¿Adónde vas?—preguntó Mary, gritando casi.

Gerald supo lo que pensaba su amigo: que ninguna superstición le obligaría a usar instrumentos romos el resto de su vida, así que no se sorprendió cuando lo vio salir por la ventana francesa empuñando un enorme cuchillo gurkha, que habitualmente estaba en la mesa de centro y que su hermano le había enviado desde el norte de la India. Era uno de los grandes cuchillos de caza que tantos estragos causaron en las distancias cortas entre los enemigos de los leales gurkhas durante el motín de Sepoy. Tenía un peso considerable, pero estaba tan bien equilibrado que parecía ligero, y cortaba como una cuchilla de afeitar. Con cuchillos como aquel los gurkhas cortaban ovejas en dos.

Cuando Mary lo vio salir con el arma soltó un alarido de pavor y sufrió un ataque de histerismo como el de la noche anterior.

Joshua corrió hacia ella, y, al ver que se desplomaba, soltó el cuchillo y trató de atraparla.

Pero llegó un segundo demasiado tarde, y ambos hombres gritaron horrorizados al verla caer sobre la hoja desnuda.

Cuando Gerald acudió en su auxilio vio que el filo, que yacía mirando hacia arriba entre la hierba, había causado un corte en la mano izquierda de Mary. Varias venas menores habían quedado cercenadas y la sangre manaba a borbotones de la herida. Mientras la vendaba, señaló a Joshua que el acero también había cortado la alianza de matrimonio.

Llevaron a Mary, desvanecida, a la casa. Cuando

un rato después volvió en sí, con el brazo en cabestrillo, estaba serena y feliz.

—La gitana estuvo increíblemente cerca de la verdad —dijo a su marido—; demasiado cerca como para que la predicción real se haga nunca realidad, querido.

Joshua se inclinó y depositó un beso en la mano herida.

La casa del juez

Cuando se acercó el momento de sus exámenes, Malcolm Malcolmson decidió irse a algún sitio donde pudiera estar a solas para estudiar. Temía las distracciones de la costa, y temía asimismo el completo aislamiento del campo, cuyos atractivos conocía desde hace mucho, así que decidió buscar algún modesto pueblecito donde nada lo distrajera. Se abstuvo de pedir sugerencias a sus amigos, pues supuso que cada uno le recomendaría un lugar familiar para él y donde tuviera conocidos. Como Malcolmson pretendía evitar a sus amigos, tampoco deseaba cargar con las atenciones de los amigos de sus amigos, por lo que se ocupó de dar él mismo con el sitio. Llenó un baúl de viaje con ropa y los libros que necesitaba y sacó un billete para el primer destino de la lista de salidas que le fuera desconocido.

Cuando al cabo de tres horas de viaje se apeó en Benchurch, se alegró de haber borrado sus huellas de manera que pudiera proseguir en paz sus estudios. Fue directamente a la única posada que había en el tranquilo lugar y tomó alojamiento para esa noche. En Benchurch se celebraba un mercado cada tres semanas, momento en que el pueblo se llenaba de gente, pero durante los veintiún días restantes era tan atractivo como un desierto; al día siguiente de su llegada, Malcolmson buscó un alojamiento incluso más aislado que el que la serena posada The Good Traveler le proporcionaba. Hubo un solo sitio que le gustó, y, en efecto, se ajustaba a sus más extravagantes deseos de tranquilidad; en realidad, «tranquilo» no era la palabra más adecuada para el lugar; «desolado» era el único término que reflejaba la medida de su aislamiento. Se trataba de una casa de estilo jacobino laberíntica, robusta, con pesados gabletes y ventanas anormalmente pequeñas y ubicadas más alto de lo que era habitual en viviendas de aquel tipo, y que se hallaba rodeada por un alto muro de piedra de recia construcción. De hecho, más parecía una casa fortificada que una vivienda convencional. Pero todo ello satisfacía a Malcolmson. «Aquí —pensó—, esto es exactamente lo que estoy buscando. Si pudiera alojarme en esta casa sería feliz.» Su alegría creció al advertir, sin espacio para la duda, que la vivienda se hallaba deshabitada.

En la oficina de correos averiguó el nombre del agente inmobiliario, que se mostró extrañamente sorprendido ante la solicitud de alquilar una parte de la vieja casa. El señor Carnford, el abogado y agente inmobiliario de la localidad, era un caballero afable y de avanzada edad, que con franqueza le confesó cuánto le alegraba que alguien estuviera dispuesto a vivir en aquella casa.

—Si le digo la verdad —añadió—, estaría encantado, e igualmente los propietarios, de dejar que alguien viviera gratis en ella durante años, para que la gente de aquí se acostumbre a verla habitada. Lleva tanto tiempo vacía que ha surgido un absurdo prejuicio contra ella, y la mejor vía para acabar con ello es poblarla..., aunque —añadió dedicando una mirada traviesa a Malcolmson— solo sea por un estudiante como usted, que busca durante un tiempo la tranquilidad del sitio.

Malcolmson consideró innecesario preguntar al agente por el absurdo prejuicio; sabía que podría recabar más información sobre el tema, en caso de requerirla, de otras fuentes. Abonó tres meses de alquiler, tomó el recibo, se informó del nombre de una buena mujer que pudiera ocuparse de las faenas domésticas y salió con las llaves en el bolsillo. Fue a ver seguidamente a la patrona de la posada, una persona alegre y de lo más amable, y le pidió consejo sobre las provisiones y demás efectos que pudiera necesitar. Ella alzó las manos, atónita, cuando él le dijo dónde iba a instalarse.

—¡En la casa del juez no! —dijo ella, empalideciendo.

Él le explicó dónde estaba la casa, puesto que no sabía su nombre. Cuando terminó, ella dijo:

—Sí, seguro que sí. Es el mismo sitio. Es la casa del juez.

Él le pidió que le hablara del sitio, por qué se llamaba así y qué tenía la gente en su contra. Ella le contó que en el pueblo la conocían por ese nombre porque hacía muchos años —no sabía cuántos porque ella procedía de otra parte del país, pero creía que cien o más— fue la morada de un juez que inspiraba terror a causa de sus duras sentencias y de la hostilidad que manifestaba contra los prisioneros en Assizes. En cuanto a qué había contra la casa, no lo sabía. Había preguntado a menudo al respecto, pero nadie pudo aclarárselo; no obstante, existía la impresión general de que allí había «algo», y, por lo que a ella respectaba, no pasaría una hora a solas en la casa ni por todo el dinero del banco Drinkwater. A continuación se disculpó por haber perturbado a Malcolmson con sus palabras.

—Ha sido muy incorrecto por mi parte, señor, pero también lo es por la suya, si me permite decirlo, vivir allí completamente solo, tratándose además de un joven caballero. Y discúlpeme usted, pero si fuera mi hijo no dormiría allí ni una noche, ¡aunque tuviera que ir yo en persona a hacer sonar la gran campana de alarma que hay en el tejado!

La buena mujer hablaba tan manifiestamente en serio y sus intenciones era tan amables que Malcolmson, pese a que todo aquello le divertía, se sintió conmovido. Le dijo sinceramente cuánto apreciaba su interés y añadió:

—Pero, mi querida señora Witham, no hay razón para que se preocupe usted por mí. Un hombre que estudia Matemáticas en la Universidad de Cambridge tiene demasiado en lo que pensar como para que lo moleste cualquier «algo» misterioso, y su trabajo es de una índole demasiado exacta y prosaica como para dejar espacio en su cabeza para misterios de cualquier clase. ¡La progresión armónica, las permutaciones, las combinaciones y las funciones elípticas ya entrañan misterios suficientes para mí!

La señora Witham se puso manos a la obra con lo que le había encargado y él fue en persona a ver a la anciana que le había sido recomendada. Cuando volvió con esta a la casa del juez, un par de horas más tarde, se encontró en la puerta con la señora Witham, que lo esperaba junto con un grupo de hombres y niños cargados de paquetes, y con un tapicero que llevaba una cama en un carro, ya que, según ella, aunque las mesas y las sillas podían seguir en buen estado, una cama que podía llevar cincuenta años sin airear no era descanso adecuado para unos huesos jóvenes. Era evidente que sentía curiosidad por ver el interior de la casa, y pese a estar tan asustada del «algo» que al menor ruido se acurrucaba contra Malcolmson, quien no la dejó sola en ningún momento, recorrió todo el lugar.

Tras examinar la casa, Malcolmson decidió instalarse en el amplio comedor, lo bastante grande para satisfacer todas sus necesidades; y la señora Witham, con ayuda de la asistenta, la señora Dempster, procedió a disponerlo todo. Una vez trasladados los bultos al interior, Malcolmson se encontró con que, haciendo gala de gran previsión, la señora Witham había enviado provisiones de su propia cocina para varios días. Antes de irse, ella le manifestó sus mejores deseos, y en la puerta se volvió y dijo:

—Y, señor, como el comedor es amplio y hay en él corrientes de aire, quizá sería conveniente hacerse con un biombo grande para colocarlo por las noches alrededor de la cama, aunque, si le digo la verdad, yo me moriría si tuviera que estar ahí dentro, encerrada, con toda clase de... cosas asomando la cabeza por los costados y por arriba, ¡mirándome!

La imagen que ella misma había invocado fue demasiado para sus nervios, y salió huyendo sin disimulo.

La señora Dempster inspiró por la nariz con aire de superioridad y comentó que, por lo que a ella respectaba, ni todos los duendes del reino bastaban para asustarla.

—Le diré lo que sucede, señor. Los duendes son toda clase de cosas, ¡menos duendes! Ratas y ratones, e insectos, y puertas que chirrían, y tejas sueltas, y ventanas rotas, y cajones atrancados que se quedan abiertos y caen al suelo en mitad de la noche. Fíjese en el empanelado de las paredes. Es viejo. Tiene siglos. ¿Cree usted que ahí atrás no habrá ratas e insectos? ¿Cree usted, señor, que no va a verlos? Las ratas son duendes, se lo aseguro, y los duendes son ratas. ¡Que no se le meta nada más en la cabeza!

—Señora Dempster —dijo Malcolmson muy serio, dedicándole una educada reverencia—, ¡sabe usted más que el mejor graduado en Matemáticas de Cambridge! Y permítame añadir que, como muestra de mi estima por su indudable fortaleza de mente y corazón, le haré entrega, cuando me vaya, de esta casa y dejaré que se aloje aquí durante los dos últimos meses del alquiler, ya que a mí me bastará con cuatro semanas.

—Le estoy muy agradecida, señor —respondió

ella—, pero no podría pasar ni una noche fuera de mi actual alojamiento. Estoy en el albergue de caridad de Greenhow, y si me ausentara una sola noche perdería todo lo que tengo en el mundo. Las reglas son muy estrictas, y hay mucha gente a la espera de una vacante como para correr riesgos. Al margen de eso, señor, estaré encantada de venir a atenderle durante su estancia.

—Señora mía —dijo Malcolmson atropelladamente—, he venido aquí con el solo propósito de encontrar soledad, y créame que estoy muy agradecido al difunto Greenhow por su caridad admirable, consista en lo que consista, la cual me evita la tentación de tener compañía. Ni el mismísimo san Antonio podría ser más riguroso.

La anciana se rio ásperamente.

—Ustedes, los jóvenes —dijo—, no le tienen miedo a nada. Aquí tendrá usted toda la soledad que quiera, así será.

Después se puso a limpiar, y al atardecer, cuando Malcolmson regresó de su paseo —siempre se llevaba un libro para estudiar cuando paseaba— se encontró la estancia barrida y ordenada, un fuego ardiendo en la antigua chimenea, la lámpara encendida y la mesa preparada para la cena con la excelente comida de la señora Witham.

—Esto sí que es confort —se dijo frotándose las manos.

Cuando hubo terminado de cenar, llevó la bandeja al otro extremo de la gran mesa de roble, sacó sus libros, echó leña al fuego, despabiló la lámpara y se dispuso a emprender una concentrada sesión de trabajo. A ello se dedicó sin pausa hasta cerca de las once de la noche, cuando se detuvo para avivar el fuego, ajustar la lámpara y prepararse una taza de té. Siempre le había gustado el té, y durante su estancia en la universidad se había acostumbrado a trabajar hasta tarde y beber té. El descanso era un gran lujo para él, así que lo disfrutaba con un abandono exquisito, voluptuoso. El fuego avivado saltaba, chisporroteaba y proyectaba extrañas sombras en la antigua y gran estancia; y mientras sorbía su té caliente, gozó de sentirse aislado del resto de personas. Fue entonces cuando se percató por primera vez del ruido de las ratas.

«No puede haber sonado tan fuerte mientras estaba estudiando —pensó—. En ese caso seguro que lo habría notado.»

Poco después, cuando el ruido aumentó, se dio la razón a sí mismo. Estaba claro que al principio las ratas se habían asustado por la presencia de un desconocido, así como por el fuego y la luz de la lámpara, pero luego se habían ido envalentonando y ahora correteaban como tenían por costumbre.

¡Cuánto se movían! ¡Y qué extraños ruidos hacían! Arriba y abajo tras el viejo revestimiento de madera de las paredes, por encima del techo y por debajo del suelo corrían, roían y chillaban. Malcolmson sonrió al recordar las palabras de la señora Dempster: «¡Los duendes son ratas y las ratas son duendes!». El té empezó a hacer su efecto de estímulo intelectual y nervioso y Malcolmson previó otra buena sesión de trabajo antes de la llegada del amanecer, y, con la tranquilidad que le proporcionaba tal perspectiva, se concedió el lujo de echar un buen vistazo a la estancia. Cogió la lámpara y recorrió el comedor, asombrado por el hecho de que una casa tan pintoresca y hermosa hubiera estado tanto tiempo abandonada. Las molduras talladas en el roble del empanelado eran de gran calidad, y las que cubrían y rodeaban las puertas, así como las ventanas, eran preciosas y de un talento nada común. Había algunos cuadros antiguos, pero se hallaban tapizados por una capa tan gruesa de polvo y mugre que no se distinguía ni el menor detalle de ellos, pese a que Malcolmson alzó la lámpara todo lo alto que pudo. Aquí y allí, mientras paseaba, vio grietas y agujeros bloqueados momentáneamente por ratas, con los ojos reflejando la luz, pero un instante después ya habían desaparecido, sin dejar más rastro que un chillido y el ruido que hacían al escabullirse. Lo que más le impresionó, no obstante, fue la cuerda de la gran campana de alarma que había en el tejado, la cual pendía en un rincón de la estancia, a la derecha de la chimenea. Arrastró junto al fuego una gran silla tallada de roble, con respaldo alto, y se sentó a tomar una última taza de té. A continuación avivó el fuego y retomó el trabajo, sentado en la esquina de la mesa, con el fuego a su izquierda. Al principio las ratas le molestaron un poco con sus perpetuos correteos, pero se acostumbró al ruido igual que uno se habitúa al tictac de un reloj o al murmullo del agua en movimiento, y se concentró en su trabajo en tal medida que todo el mundo, salvo el problema que trataba de resolver, desapareció para él.

Alzó la vista de pronto, el problema continuaba sin solución, y en el aire pendía la impresión propia de ese momento previo al amanecer, tan temido por su carácter incierto. El ruido de las ratas había cesado. Le pareció que debía de haber sucedido hacía poco, y que había sido precisamente su repentina interrupción lo que le había alarmado. El fuego ardía con poca fuerza pero aún emitía un resplandor rojo encendido. Al mirar hacia la chimenea, Malcolmson dio un respingo pese a toda su *sang froid*.

En la gran silla tallada de roble colocada a la derecha del fuego había sentada una rata enorme, mirándolo fijamente con ojos torvos. Hizo amago de ir hacia ella, como si fuera a cazarla, pero el roedor no se movió. Luego Malcolmson hizo amago de tirarle algo. Ella continuó sin moverse, pero le mostró, furiosa, los grandes y blancos dientes, y la luz de lámpara hizo brillar sus ojos con un rencor añadido.

Malcolmson estaba incrédulo y, tomando el atizador de la chimenea, se abalanzó contra ella dispuesto a matarla. Sin embargo, antes de que pudiera golpearla, la rata, lanzando un chillido que pareció fruto de todo su odio concentrado, brincó al suelo y, trepando por la cuerda de la campana de alarma, desapareció en la oscuridad más allá del cerco de luz de la lámpara. Al instante, por extraño que resulte, volvieron a empezar los ruidosos correteos de las ratas tras el empanelado.

Para entonces Malcolmson ya había perdido la concentración en el problema y, cuando el estridente canto de un gallo le avisó de la proximidad del día, se acostó en la cama.

Durmió tan profundamente que ni siquiera se despertó cuando la señora Dempster entró a arreglar la habitación. Solo cuando ella ya hubo limpiado y preparado el desayuno y dio unos golpecitos en el biombo tras el que se ocultaba la cama, se despertó él. Seguía un poco cansado tras la dura noche de trabajo, pero una taza de té cargado le dio energías y, cogiendo un libro, salió a dar su paseo matutino, llevándose además algunos sándwiches, por si acaso no volvía a casa hasta la hora de la cena. Dio con un sendero tranquilo que discurría entre altos olmos, a las afueras del pueblo, y pasó allí la mayor parte del día, estudiando a Laplace. En el camino de vuelta se detuvo a hacer una visita a la señora Witham para agradecerle su amabilidad. Cuando ella lo vio acercarse a través de los cristales emplomados de la ventana salediza de su sanctasanctórum, salió a recibirlo y lo invitó a pasar. Lo escrutó y dijo:

—No debe usted excederse, señor. Está más pálido esta mañana de lo que debería. Hacer trabajar demasiado al cerebro, y además a horas tardías, no es bueno para nadie. Pero cuénteme, señor, ¿cómo ha pasado la noche? Bien, espero. Se lo aseguro. Me alegré mucho cuando la señora Dempster me dijo esta mañana que usted se encontraba bien y dormía profundamente cuando fue a verlo.

—Sí, he estado bien —respondió él con una sonrisa—, ese «algo» no me ha molestado, al menos de momento. Solo las ratas, que tienen montado todo un circo en la casa, se lo aseguro. Una criatura diabólica se sentó en mi propia silla, junto al fuego, y no se fue hasta que la amenacé con el atizador. Subió por la cuerda de la campana de alarma y desapareció por algún sitio de lo alto de la pared o del techo. No vi dónde; estaba muy oscuro.

—¡Que Dios se apiade de nosotros! —dijo la señora Witham—. Una criatura diabólica, ¡y sentada en una silla junto al fuego! ¡Tenga cuidado, señor! ¡Tenga cuidado! Mucho de lo que se dice en broma resulta ser cierto.

—¿A qué se refiere? Le juro que no la entiendo.

—¡Una criatura diabólica! Puede que el mismísimo diablo. ¡Basta, señor! No se ría usted —dijo, pues Malcolmson había estallado en carcajadas—. Ustedes, los jóvenes, creen que se pueden reír de lo que a los viejos nos da escalofríos. Bueno, no pasa nada. No pasa nada. Por favor, ría siempre y todo cuanto quiera. Es lo que le deseo.

Y la mujer resplandeció de simpatía en respuesta a las carcajadas de él, con todos sus miedos olvidados por el momento.

—Perdóneme —dijo Malcolmson—. No me considere descortés, pero no he podido contenerme ante la idea de que ¡el mismísimo diablo estuvo sentado anoche frente a mí!

Y al imaginárselo volvió a echarse a reír. A continuación fue a casa a cenar.

Esa noche los correteos de las ratas empezaron antes; en realidad, ya se hallaban en marcha antes de que él llegar y solo hicieron una pausa por la sorpresa de su retorno. Después de la cena se sentó un rato a fumar junto a la chimenea, y luego, tras despejar la mesa, se puso a trabajar. Esa noche las ratas le molestaron más que la anterior. ¡Qué manera de correr arriba y abajo tras las paredes, sobre el techo y bajo el suelo! ¡Qué manera de chillar, arañar y roer! Cada vez más envalentonadas, asomaban a las bocas de sus ratoneras y a los agujeros y grietas del empanelado y sus ojillos resplandecían como lamparitas con el baileteo de las llamas. Pero para Malcolmson, acostumbrado ya a ellas, sus ojos nada tenían de perverso, solo le conmovía su carácter juguetón. A veces las más osadas hacían incursiones por el suelo o recorrían las molduras de los paneles. De cuando en cuando, si lo molestaban, Malcolmson hacía algún ruido para asustarlas, golpeando la mesa con la mano o emitiendo un enfadado: «¡Sssh!», y ellas huían directas a sus agujeros.

Y así pasó la primera parte de la noche y, pese al ruido, Malcolmson se sumergió cada vez más en su trabajo.

Se detuvo de pronto, igual que la noche anterior, sorprendido por un silencio repentino. No se oía ni el menor chillido, ni arañazo ni sonido de dientes al roer. El silencio era el mismo que habría en una tumba. Malcolmson recordó el extraño suceso de la noche previa e instintivamente miró hacia la silla junto a la chimenea. Y una extraña sensación le recorrió el cuerpo.

Allí mismo, en la gran silla tallada de roble y de respaldo alto, al lado del fuego, estaba la misma rata enorme, mirándolo fijamente con sus ojos rencorosos.

Instintivamente cogió lo que tenía más a mano, un libro de logaritmos, y se lo lanzó. No apuntó bien y la rata ni se movió, así que hubo de repetir el número del atizador; y una vez más, la rata, seguida de cerca, escapó trepando por la cuerda de la campana de alarma. Resultó asimismo extraño que la huida de la rata también fuera seguida en esa ocasión por la renovación de la algarabía de la comunidad de roedores. Esa vez, como la anterior, Malcolmson tampoco llegó a distinguir por qué parte de la estancia desapareció la rata, ya que la pantalla verde de la lámpara dejaba la parte superior del comedor en tinieblas, y el fuego ya ardía con poca fuerza.

Al consultar su reloj descubrió que ya era cerca de medianoche y, agradeciendo el *divertissement*, avivó el fuego y se preparó la tetera nocturna. La sesión de trabajo había sido provechosa y juzgó que se merecía un cigarrillo, así que se sentó en la gran silla de roble ante el fuego para disfrutarlo. Mientras fumaba pensó que estaría bien saber por dónde desaparecía la rata, ya que empezaba a trazar planes para el día siguiente, planes en los cuales intervendría una trampa para roedores. Con ese propósito encendió otra lámpara y la colocó de modo que iluminara bien la esquina del comedor a la derecha de la chimenea. Luego cogió todos los libros que tenía y los dejó a mano para lanzárselos a la alimaña. Por último, levantó la cuerda de la campana y colocó el extremo sobre la mesa, pisado por la lámpara. Al hacerlo no pudo evitar fijarse en lo flexible que era, algo que resultaba llamativo en una cuerda tan resistente y que llevaba tanto tiempo sin usarse. «Se podría ahorcar a un hombre con ella», pensó. Una vez concluidos estos preparativos miró a su alrededor y dijo complacido:

—Ya está todo listo, amiga mía. Creo que esta vez averiguaré algo sobre ti.

Retomó el trabajo y, aunque, al igual que antes, inicialmente le molestó el ruido de las ratas, pronto se enfrascó en las proposiciones y los problemas.

Una vez más su atención volvió a verse atraída de pronto por el entorno inmediato. Esa vez no fue tan solo el silencio repentino lo que lo alertó; la cuerda se desplazó un poco y, asimismo, la lámpara. Sin mover un músculo, miró de reojo para asegurarse de que la pila de libros estaba al alcance de su mano y a continuación recorrió la cuerda con la mirada. Vio a la gran rata saltar desde la cuerda a la silla de roble y tomar asiento, desde donde lo miró fijamente. Malcolmson alzó un libro en la mano derecha, apuntó con tiento y se lo lanzó. La rata, con un rápido movimiento, se hizo a un lado y esquivó el proyectil. Cogió un segundo libro y luego un tercero, y uno tras otro se los fue lanzando, pero siempre sin éxito. Al final, con él en pie y armado con otro libro que ya se disponía a lanzar, la rata chilló, en apariencia asustada. Esto avivó el afán de Malcolmson, y el libro surcó el aire y alcanzó a la rata con un sonoro golpe. Soltó esta un chillido de terror y, no sin antes dedicar a su atacante una mirada cargada de malevolencia, trepó por el respaldo de la silla, dio un gran salto hasta la cuerda de la campana y corrió por ella hacia arriba como un rayo. La lámpara se balanceó por el repentino tirón, pero era pesada y no llegó a volcarse. Malcolmson no apartó la vista de la rata y, a la luz de la segunda lámpara, la vio saltar hasta la moldura de un panel y desaparecer por un agujero en uno de los grandes cuadros colgados de la pared, oscuro e indiscernible tras la capa de mugre y polvo.

—Por la mañana echaré un vistazo a la morada de mi amiga —dijo el estudiante mientras recogía los libros—. El tercer cuadro desde la chimenea; no lo olvidaré. —Fue levantando los libros uno por uno, dedicándoles comentarios—. *Secciones cónicas* no dio en el blanco, tampoco *Oscilaciones cicloidales* ni los *Principios* ni *Cuaterniones* ni *Termodinámica*. ¡Veamos qué libro sí lo consiguió! —Lo cogió y sufrió un respingo, a la vez que una repentina palidez le cubría el rostro. Miró incómodo a su alrededor, temblando un poco, mientras murmuraba para sí—: ¡La Biblia que me regaló mi madre! Qué extraña coincidencia.

Se sentó de nuevo a trabajar y las ratas reanudaron sus retozos tras el empanelado. No obstante, no suponían una molestia para él; en cierto modo, su presencia le hacía sentir acompañado. Pero no era capaz de concentrarse en la tarea y, al cabo de un rato de tratar sin éxito de asimilar la cuestión que le ocupaba, se rindió desesperado y se fue a la cama cuando el primer atisbo del amanecer se colaba por la ventana oriental.

Tuvo un sueño profundo pero intranquilo, y soñó mucho; y cuando la señora Dempster lo despertó ya tarde él se mostró confundido y tardó unos minutos en reconocer dónde se encontraba. Su primera petición sorprendió a la sirvienta.

—Señora Dempster, mientras yo esté fuera hoy, me gustaría que cogiera usted la escalera y desempolvara o limpiara esos cuadros. En especial el tercero desde la chimenea. Me gustaría ver qué hay en ellos.

Por la tarde Malcolmson se dedicó a sus libros en el paseo sombreado, y la alegría del día anterior volvió a él a medida que discurría la jornada y adelantaba trabajo a buen ritmo. Resolvió de manera satisfactoria todos los problemas que hasta entonces se le habían resistido, así que cuando pasó a hacer una visita a la señora Witham en la posada The Good Traveller, se sentía jubiloso. Encontró a un desconocido en el acogedor salón de la patrona en compañía de esta, que se lo presentó como el doctor Thornhill. Ella estaba inquieta, y eso, junto con la repentina serie de preguntas que el médico dedicó a Malcolmson, llevó a este a deducir que la presencia del desconocido no era casual, así que dijo sin preámbulos:

—Doctor Thornhill, responderé gustoso a todas las preguntas que quiera hacerme si antes me responde usted una a mí.

El doctor pareció sorprendido, pero sonrió y dijo:

—Claro que sí. ¿Cuál es?

—¿Le ha pedido la señora Witham que viniera a verme y darme consejo?

Por un momento el doctor Thornhill quedó desconcertado, y la señora Witham enrojeció y les dio la espalda, pero el doctor era un hombre sincero y con buena disposición, así que respondió abiertamente:

—Así lo ha hecho, pero no era su intención que usted lo supiera. Supongo que han sido mis torpes prisas las que le han llevado a sospecharlo. Me dijo que no le gustaba que estuviera usted completamente solo en esa casa y que creía que tomaba usted demasiado té cargado. De hecho, ella desea que le aconseje dejar el té y no trabajar hasta altas horas. Fui un buen estudiante en mis tiempos, así que imagino que puedo tomarme esta libertad y, sin que sea motivo de ofensa, pedírselo no como un desconocido sino como un colega.

Con una gran sonrisa, Malcolmson le tendió la mano.

—¡Chóquela!, como dicen en Estados Unidos. Le agradezco su amabilidad, y a usted la suya, señora Witham, y tal gentileza merece una respuesta por mi parte. Prometo no volver a tomar té cargado. Nada de té hasta que usted me lo vuelva a permitir. Y esta noche me iré a la cama a la una como muy tarde. ¿Está bien así?

—Magnífico —dijo el médico—. Ahora cuéntenos todas sus impresiones sobre la vieja casa.

Y fue así como Malcolmson les hizo un pormenorizado relato de lo sucedido en las dos últimas noches. De cuando en cuando le interrumpía alguna exclamación de la señora Witham, hasta que al final, cuando narró el episodio de la Biblia, las emociones contenidas de la patrona hallaron desahogo con un grito; y hasta que no le administraron un buen vaso de brandi con agua la señora no se recompuso. El doctor Thornhill había escuchado con expresión cada vez más seria y, cuando la narración concluyó y la señora Witham estuvo recuperada, preguntó:

—¿La rata siempre sube por la cuerda de la campana?

—Siempre.

—Supongo que sabe usted —dijo el médico— qué cuerda es esa.

—No.

—Es la mismísima cuerda —dijo lentamente el médico— que el verdugo usó con todas y cada una de las víctimas de la furia sentenciadora del juez.

Le interrumpió otro grito de la señora Witham, y hubo que volver a tomar medidas para su recuperación. Malcolmson consultó su reloj y, viendo que estaba próxima su hora de cenar, partió hacia su casa antes de que ella se recobrara.

Cuando la señora Witham volvió de nuevo en sí, bombardeó al médico con preguntas enojadas acerca de qué pretendía al meter ideas tan horribles en la cabeza de un pobre joven.

—Ya tiene suficientes motivos de preocupación allí —añadió.

—Mi querida señora —contestó el doctor Thornhill—, ¡mi intención era otra! Quería atraer su atención hacia la cuerda de la campana, que se fijara en ella. Podría suceder que se hallara él en un estado de elevada crispación, y que haya estudiado demasiado, aunque me atrevería a decir que nunca he visto a un joven así de robusto y sano, tanto de mente como de cuerpo. Pero esa historia de las ratas... y la sugerencia de una aparición diabólica... —El médico meneó la cabeza y luego prosiguió hablando—: Le habría ofrecido ir con él y quedarme una noche, pero estoy seguro de que eso habría supuesto un motivo de ofensa. Por la noche él podría sufrir alguna clase de extraño ataque de miedo o de alucinación, y en ese caso quiero que tire de la cuerda. Pese a estar completamente solo, de ese modo nos avisará, y nosotros podremos llegar a tiempo de servir de ayuda. Me quedaré despierto hasta bien tarde esta noche y mantendré los oídos atentos. No se alarme usted si Benchurch vive un sobresalto antes de mañana.

—¿Qué quiere decir, doctor? ¿De qué está hablando?

—Me refiero a que posiblemente..., no, más bien muy probablemente, esta noche oiremos sonar la gran campana de alarma de la casa del juez.

Y dicho esto, el médico hizo una salida de escena tan dramática como era posible.

Cuando Malcolmson llegó a casa era un poco más tarde de su hora habitual, y la señora Dempster ya se había ido; no se debían desatender las reglas del albergue de caridad de Greenhow. Le agradó comprobar que el lugar estaba limpio y brillaba con la luz de un alegre fuego y de una lámpara bien despabilada. La noche era más fría de lo que se podía esperar para abril, y un fuerte viento soplaba con violencia tan creciente que prometía una tormenta segura. Por espacio de unos minutos tras su llegada, el ruido de las ratas se interrumpió, pero en cuanto se acostumbraron a su presencia volvió a empezar. Le alegró oírlas, pues una vez más sus ruidos le hicieron sentir acompañado, y pensó de nuevo en el extraño hecho de que solo dejaran de manifestarse cuando la otra —la gran rata de mirada torva— hacía su aparición. Solo estaba encendida la lámpara de lectura y la pantalla verde dejaba a oscuras el techo y la parte alta de las paredes, y la cálida y alegre luz de la chimenea se extendía por el suelo y el mantel blanco dispuesto en un extremo de la mesa. Malcolmson se sentó a cenar, con apetito y ánimo optimista. Tras la cena y un cigarrillo, se puso a trabajar, dispuesto a no dejar que nada le perturbara, pues recordaba la promesa hecha al médico, así que se mentalizó a sacar el mayor provecho posible al tiempo con que contaba.

Durante más o menos una hora trabajó bien, y entonces sus pensamientos empezaron a apartarse de los libros. La realidad física que lo rodeaba, las llamadas a su atención y su susceptibilidad nerviosa no podían pasarse por alto. Para entonces el viento se había convertido en temporal, y luego en tormenta. La vieja casa, pese a su solidez, parecía temblar hasta los cimientos, y la tormenta rugía colérica entre las numerosas chimeneas y los extraños y antiguos gabletes producían sonidos raros y sobrenaturales en las habitaciones desiertas y los pasillos. Incluso la gran campana de alarma del tejado debía de notar la fuerza del viento, ya que la cuerda subía y bajaba, como si la campana oscilara un poco de cuando en cuando, y entonces la flexible cuerda se arrastraba por el suelo con un sonido sordo y desagradable.

Mientras lo escuchaba, Malcolmson recordó las palabras del médico: «Es la mismísima cuerda que el verdugo usó con todas y cada una de las víctimas de la furia sentenciadora del juez», y se acercó a la esquina de la chimenea para tomarla entre las manos y verla mejor. Parecía irradiar una suerte de interés mortífero y, mientras Malcolmson se hallaba allí en pie, se enfrascó en especulaciones acerca de quiénes fueron tales víctimas y del macabro interés del juez por tener semejante reliquia siniestra a la vista. Mientras tanto el mecimiento de la campana seguía haciendo subir y bajar la cuerda, pero a continuación Malcolmson percibió algo diferente, una especie de temblor en la cuerda, como si algo se moviera por ella.

Miró hacia arriba por instinto y vio a la gran rata descender despacio hacia él, mirándolo fijamente. Soltó la cuerda y retrocedió de un salto a la vez que mascullaba una maldición, y la rata dio media vuelta, corrió hacia arriba y desapareció, y en ese mismo instante Malcolmson volvió a oír el ruido de las ratas, que se había interrumpido.

Todo ello le hizo pensar y se acordó de que no había investigado el cubil de la rata ni echado un vistazo a los cuadros, como era su idea. Encendió la otra lámpara, la que no tenía pantalla, y sosteniéndola en alto se situó frente al tercer cuadro desde el lado derecho de la chimenea, por donde había visto desaparecer a la rata la noche previa.

Nada más verlo, retrocedió tan rápido que a punto estuvo de dejar caer la lámpara, y una palidez de muerte le cubrió el rostro. Le fallaban las rodillas, goterones de sudor asomaron a su frente y se puso a temblar como un álamo. Pero era joven y valiente, y se recompuso, y al cabo de unos segundos volvió a adelantarse, levantó la lámpara y examinó el cuadro que, desempolvado y limpiado, ahora se distinguía con claridad.

Era un juez ataviado con sus ropas de escarlata y

armiño. Su rostro era poderoso e implacable, malvado, astuto y vindicativo, con una boca carnosa, nariz ganchuda y rubicunda y con el perfil del pico de un ave de presa. El resto de la cara tenía un color cadavérico. Los ojos poseían un brillo singular y tenían una mirada terriblemente maligna. Mirándolos, Malcolmson se quedó helado, al distinguir en ellos la perfecta semejanza con los de la gran rata. La lámpara casi se le cayó de la mano; vio a la rata, con sus ojos torvos, asomada al agujero en la esquina del cuadro, y advirtió la inmediata interrupción de todo ruido por parte de los demás roedores. No obstante, se dominó y prosiguió examinando el cuadro.

El juez estaba sentado en una gran silla de roble tallado, de respaldo alto, a la derecha de una gran chimenea de piedra junto a la que, en un rincón, pendía una cuerda desde el techo, con el extremo enrollado en el suelo. Experimentando algo cercano al horror, Malcolmson identificó el escenario como la estancia donde él mismo se encontraba, y miró atemorizado a su alrededor como si esperara toparse con alguna extraña presencia a su lado. Miró a la esquina de la chimenea, y con un fuerte grito dejó caer la lámpara.

Allí mismo, en la silla, con la cuerda colgando detrás, se hallaba sentada la rata, con los mismos ojos torvos que el juez, intensificados por una mirada diabólica. Salvo por el aullido de la tormenta todo estaba en silencio.

La lámpara caída obligó a Malcolmson a centrarse. Por suerte era metálica, así que el aceite no se había derramado. No obstante, la necesidad de recogerla le bastó para dominar los nervios. Cuando la hubo recogido, se enjugó la frente y se detuvo a pensar.

—Esto no está bien —se dijo—. Si sigo así voy a volverme loco. ¡Esto tiene que acabar! Prometí al médico no tomar té. Cuánta razón tenía. Debo de haber forzado mis nervios en exceso. Es raro que no me percatara. Nunca me había sentido mejor. Sin embargo, ahora me he dado cuenta y no volveré a ser tan necio.

Se sirvió una buena copa de brandi con agua, resuelto a sentarse y retomar el trabajo.

Había pasado cerca de una hora cuando alzó la vista del libro, alertado por un silencio repentino. En el exterior, el viento soplaba y bramaba con más fuerza que nunca, y cortinas de lluvia azotaban las ventanas y golpeaban los cristales como granizo, pero dentro no había ningún sonido más allá del eco del viento en la gran chimenea y de cuando en cuando el siseo de algunas gotas de lluvia que se abrían paso por el cañón de la chimenea en un receso de la tormenta. El fuego había menguado y ardía sin llama, si bien emitía un resplandor rojizo. Malcolmson escuchó con atención y terminó por oír un muy débil chillido. Procedía de la esquina donde colgaba la cuerda, y pensó que sería el sonido que hacía la cuerda contra el suelo al subir y bajar. Al alzar la vista, no obstante, vio en la penumbra que la gran rata colgaba de la cuerda y la estaba royendo. Casi la había cortado del todo; Malcolmson vio el tono más claro de las puntas roídas de las hebras. Seguía mirando cuando la labor quedó finalizada, y el extremo cortado cayó sonoramente al suelo de roble, mientras que por un instante la rata pendió como un tirador o una borla de la cuerda restante, que se meció de un lado a otro. Malcolmson sufrió otra punzada de terror al darse cuenta de que se le había privado de la posibilidad de pedir ayuda al exterior, pero rápidamente una intensa cólera ocupó el lugar de ese sentimiento y alzando el libro que estaba leyendo se lo lanzó a la rata. Había apuntado bien, pero antes de que el proyectil pudiera dar al roedor, este se soltó y cayó al suelo con un ruido blando. De inmediato Malcolmson se lanzó sobre la rata pero ella huyó a toda prisa y desapareció entre las sombras de la estancia. Malcolmson se dijo que el trabajo ya había concluido por esa noche y decidió introducir un poco de variedad en su rutina cazando a la rata. Retiró la pantalla verde a la lámpara para disponer de más luz. Disminuyó así la oscuridad de la parte alta de la habitación, y bajo la marea de luz, potente en comparación con la oscuridad previa, los cuadros de las paredes quedaron del todo visibles. Desde donde se encontraba, Malcolmson vio, justo frente a él, el tercer cuadro a partir de la derecha de la chimenea. Se frotó los ojos, asombrado, y a continuación le invadió un terrible miedo.

En el centro del cuadro había un gran espacio irregular de lienzo marrón, tan limpio de pintura como si acabara de ser tensado sobre el marco. El fondo seguía siendo el mismo, con la silla, la esquina de la chimenea y la cuerda, pero el juez había desaparecido.

Malcolmson, casi petrificado de horror, dio media vuelta lentamente y tembló como alguien presa de un ataque. Las fuerzas lo habían abandonado y era incapaz de realizar ningún movimiento, apenas podía pensar. Solo ver y oír.

En la gran silla de roble tallado estaba sentado el juez, con sus atavíos de escarlata y armiño, los ojos torvos resplandeciendo de afán de venganza, y una sonrisa triunfal en la boca firme y cruel, mientras alzaba en las manos un sombrero negro. Malcolmson sintió que se le helaba la sangre, como suele suceder en los episodios de suspense prolongado. Le zumbaban los oídos. Alcanzaba a oír la tormenta que soplaba y bramaba fuera, sonido entre el que se colaron los repiques de la medianoche procedentes del pueblo. Se quedó quieto como una estatua durante un tiempo que le pareció infinito, con los ojos horrorizados, abiertos de par en par, sin aliento. Con los tañidos de los relojes, la sonrisa triunfal del juez se intensificó, y con el último tañido se colocó el sombrero en la cabeza.

Muy despacio, el juez se alzó de la silla y tomó el trozo de cuerda que yacía en el suelo, lo acarició, como si gozara con su tacto, y a continuación, lentamente, hizo un lazo con él. Lo tensó y lo probó con el pie, tirando con fuerza hasta que pareció satisfecho. Caminó a lo largo de la mesa, por el lado opuesto a donde Malcolmson se encontraba, mirando a este fijamente, pasó por delante de él y se plantó frente a la puerta. Malcolmson se vio atrapado y trató de pensar qué hacer. Los ojos del juez, que no se apartaban de los suyos, ejercían una fascinación que impedía mirar hacia otro lugar. Lo vio acercarse, interponiéndose siempre entre él y la puerta, alzar el lazo y lanzarlo hacia él como si quisiera apresarlo. Con gran esfuerzo, logró apartarse a un lado y la cuerda cayó al suelo de roble. El juez recobró el lazo y volvió a alzarlo para capturarlo, siempre con la torva mirada fija en él, y en cada ocasión, gracias a un portentoso esfuerzo, el joven estudiante conseguía esquivarlo en el último momento. Lo mismo sucedió unas cuantas veces, sin que el juez se desanimara ni pareciera molesto por sus fallos; más bien recordaba a un gato que disfrutara jugando con un ratón. La desesperación de Malcolmson alcanzó un clímax y le permitió echar un vistazo a su alrededor. La luz de la lámpara resultaba deslumbrante, iluminando bien la estancia. En todas las ratoneras, grietas y aberturas de los paneles de las paredes vio ojos de ratas, y eso, una sencilla percepción física, le proporcionó un atisbo de calma. Vio que la cuerda de la gran campana de alarma estaba cargada de ratas. Cada centímetro de la misma estaba cubierta de roedores, y más y más salían del pequeño orificio circular del techo, y bajo el peso de todas ellas la campana empezaba a oscilar.

Siguió haciéndolo hasta que el badajo tocó las paredes. El sonido resultó bajo pero la campana solo comenzaba a moverse; aumentaría.

Al oírlo, el juez, que había mantenido la mirada fija en Malcolmson, alzó la vista y una furia diabólica le frunció el rostro. Los ojos le brillaban como carbones incandescentes y estrelló un pie contra el suelo con tal estampido que toda la casa tembló. Un horrible trueno bramó en el cielo cuando el juez volvió a levantar la cuerda, mientras las ratas seguían corriendo arriba y abajo por la cuerda como si actuaran contrarreloj. En esta ocasión, en lugar de arrojarlo, se acercó a su víctima sosteniendo abierto el lazo. Su proximidad tenía un efecto paralizador, y Malcolmson se quedó rígido como un cadáver. Sintió los dedos helados del juez en la garganta mientras aquel la rodeaba con la cuerda. El lazo se tensó..., se tensó. A continuación, el juez, tomando al rígido estudiante en brazos, cargó con él y lo colocó en pie sobre la silla de roble, se situó a un lado, levantó un brazo y atrapó el oscilante extremo de la cuerda de la campana de alarma. Cuando subió la mano todas las ratas huyeron soltando chillidos y desaparecieron por el orificio del techo. Ató el extremo del lazo dispuesto alrededor del cuello de Malcolmson al extremo de la cuerda de la campana y después retiró la silla.

En cuanto la campana de alarma de la casa del juez empezó a sonar se congregó una multitud. Hicieron aparición antorchas y luces diversas y rápidamente una masa silenciosa se apresuró hacia el sitio. Aporrearon la puerta pero no hubo respuesta. La echaron abajo y entraron en tropel en el gran comedor, con el médico al frente.

En el extremo de la cuerda de la gran campana de alarma colgaba el cuerpo del estudiante, y, en el cuadro, el juez lucía una maligna sonrisa.

El secreto del oro creciente

Cuando Margaret Delandre fue a vivir a Brent's Rock todo el vecindario se abandonó al placer de un nuevo e inédito escándalo. Los escándalos relacionados con las familias Delandre y Brent no escaseaban, y si se hubiera escrito una detallada historia secreta del condado, ambos apellidos habrían contado con una buena representación. Cierto es que el estatus de las dos familias era tan diferente que bien podrían haber pertenecido a continentes distintos —o, ya puestos, a mundos distintos— ya que hasta el momento sus órbitas nunca se habían cruzado. Los Brent eran considerados, por unanimidad, la familia más notoria del condado, y siempre se habían movido muy por encima de la clase de terratenientes rurales a la que Margaret Delandre pertenecía, del mismo modo que un hidalgo español de sangre azul se halla por encima de sus granjeros arrendatarios.

El linaje de los Delandre provenía de antiguo y, a su modo, se enorgullecían de él tanto como los Brent del suyo. Pero la familia nunca había prosperado más allá del rango de los terratenientes rurales; y pese a haber disfrutado de una posición acomodada en los viejos buenos tiempos de las guerras en el extranjero y el proteccionismo, su fortuna se había agostado bajo el sol del libre comercio y las «felices épocas de paz». Como sus miembros de mayor edad acostumbraban a afirmar, estaban «arraigados a aquella tierra» y, en consecuencia, habían terminado enraizando en ella, en cuerpo y en alma. De hecho, habiendo elegido la vida de los vegetales se habían desarrollado como lo hacen estos: creciendo y floreciendo en las buenas temporadas y padeciendo en las malas. Su propiedad, Dander's Croft, se hallaba esquilmada, a semejanza de la familia que la habitaba. Esta había venido declinando generación tras generación, enviando al mundo de cuando en cuando algún lánguido retoño, en forma de un soldado o un marino que se habían abierto camino hasta las graduaciones inferiores de sus respectivos servicios para allí quedarse estancados, impedida su promoción bien por falta de compromiso y valentía a la hora de entrar en acción, bien por esa querencia autodestructiva propia de hombres sin educación y que no han recibido suficiente cariño en la infancia: el anhelo de una posición superior a la suya y, al mismo tiempo, la consciencia de que nunca serán capaces de alcanzarla. De modo que, poco a poco, la familia cayó cada vez más bajo: los hombres, huraños e insatisfechos, bebiendo hasta matarse; las mujeres trabajando como esclavas en la casa o casándose con hombres de clase inferior a la suya, o haciendo cosas peores. Con el tiempo todos fueron desapareciendo, hasta que no quedaron más que dos en Dander's Croft, Wykham Delandre y su hermana Margaret. Ambos parecían haber heredado, uno en forma masculina y la otra en femenina, la maléfica propensión de su estirpe, compartiendo los rasgos principales pero manifestándolos de modos distintos: cólera huraña, voluptuosidad y temeridad.

La historia de los Brent había sido similar, pero siendo las causas de su decadencia las propias de la aristocracia, no las de los plebeyos. Ellos, asimismo, habían enviado sus retoños a las guerras; pero los rangos que alcanzaron fueron diferentes a los de los Delandre y a menudo se habían visto condecorados, pues todos sin excepción eran valientes, y protagonizaron acciones valerosas antes de que la disipación egoísta que era su estigma minara su vigor.

El actual cabeza de familia —si de una familia puede hablarse cuando solo queda un miembro de la línea directa— era Geoffrey Brent. Era el prototipo de heredero de una estirpe arruinada, manifestando por un lado sus más brillantes cualidades y por otro su absoluta degradación. Se lo podría comparar oportunamente con los nobles italianos de antaño cuyas efigies han preservado los pintores, mostrándonos su coraje, su ausencia de escrúpulos, su lujuria y crueldad refinadas, la voluptuosidad manifiesta y la maldad potencial. Era, sin duda, atractivo; provisto de la belleza morena, aquilina e imponente que las mujeres identifican con frecuencia como superior a todas las demás. Con los hombres se comportaba de modo distante y frío; pero tal forma de actuar nunca disuade al sexo femenino. Las inescrutables leyes del sexo han dispuesto que ni la más tímida de las mujeres sienta miedo ante un hombre altivo y temible. De modo que apenas se podía encontrar a una mujer, fuera cual fuera su clase o situación, que viviera a la vista de Brent's Rock y no albergara una secreta admiración por aquel atractivo gandul. El conjunto era numeroso, pues Brent's Rock se alzaba prominente en mitad de una región llana, y desde cientos de kilómetros a la redonda, sus altas y antiguas torres y los tejados empinados sobresalían en el horizonte por encima de bosques, aldeas y las escasas y dispersas mansiones.

Siempre que Geoffrey Brent restringiera su libertinaje a Londres, París y Viena —cualquier lugar fuera del alcance de la vista y los oídos de sus vecinos— la gente se abstenía de opinar sobre él. Es sencillo escuchar con impasibilidad noticias lejanas, podemos recibirlas con incredulidad, burla, desdén o cualquier otra actitud fría que consideremos adecuada. Pero cuando el escándalo se acercó, cambió la cosa, y los sentimientos de independencia e integridad propios de toda comunidad que no esté moralmente arruinada se manifestaron y reclamaron condena. Aun así, hubo una reticencia generalizada, y no se reclamaban más noticias de los hechos que las estrictamente necesarias. Margaret Delandre actuaba de manera tan audaz y abierta, aceptaba su posición como legítima compañera de Geoffrey Brent de modo tan natural que la gente llegó a pensar que se había casado con él en secreto y consideraron más prudente morderse la lengua, no fuera que el tiempo le diera la razón a ella y la convirtiera en un enemigo a temer.

La única persona que, mediante su intervención, podría haber puesto fin a las dudas se veía privada de entrometerse a causa de las circunstancias. Wykham Delandre se había peleado con su hermana —o puede que fuera ella quien se peleó con él— y no se hallaban en términos de una mera neutralidad armada sino de odio amargo y manifiesto. La pelea había tenido lugar antes de que Margaret se fuera a Brent's Rock. Ella y Wykham a punto habían estado de llegar a las manos. Se habían proferido amenazas por ambas partes, y al final Wykham, dominado por la cólera, había ordenado a su hermana que abandonara la casa. Ella se puso en pie de inmediato y, sin molestarse en recoger sus bienes personales, salió de la vivienda. En el umbral se detuvo un momento para advertir amargamente a Wykham que este lamentaría hasta su última hora de vida lo que había hecho ese día. Pasaron unas semanas y en el pueblo todos daban por sentado que Margaret se había ido a Londres cuando de pronto apareció en compañía de Geoffrey Brent, y antes del anochecer todo el vecindario estaba enterado de que se había trasladado a Brent's Rock. No causaba sorpresa que Brent se hubiera presentado de manera inesperada, pues tal era su costumbre. Ni siquiera sus sirvientes sabían nunca cuándo podían esperarlo; había una puerta privada, de la que solo él tenía llave, por la que a veces entraba sin que nadie en la casa se percatara de su llegada. Era esa su forma de aparecer al cabo de una larga ausencia.

La noticia enfureció a Wykham Delandre. Juró

venganza y, para que su buen juicio no pusiera obstáculo a la cólera, bebió más que nunca. Varias veces trató de ver a su hermana, pero ella, despreciativa, rehusó recibirlo. Intentó entonces hablar con Brent, que también rechazó reunirse con él. Trató de interceptarlo en el camino, pero sin éxito, pues Geoffrey no era un hombre al que se le pudiera detener en contra de su voluntad. Hubo varios encuentros fallidos entre los dos hombres, además de otros intentos, urdidos por uno y evitados por el otro. Al final Wykham Delandre hubo de aceptar la situación, aunque no sin malhumor ni ánimo vengativo.

Ni Margaret ni Geoffrey eran de temperamento pacífico, así que no pasó mucho tiempo antes de que empezaran las peleas entre ellos. Una cosa llevaba a otra y el vino corría en abundancia en Brent's Rock. De cuando en cuando las peleas tomaban un cariz amargo, y las amenazas se proferían en términos tan intransigentes que atemorizaban a la servidumbre. Pero las peleas concluían donde generalmente suelen hacerlo los altercados domésticos, en reconciliación, y en un mutuo respeto por el carácter del contrincante y sus dotes para la refriega. Pelearse por el mero hecho de hacerlo es algo en lo que cierta clase de personas, en todo el mundo, halla un interés absorbente, y no hay motivos para pensar que las condiciones domésticas minimicen tal atracción. Geoffrey y Margaret salían ocasionalmente de Brent's Rock, y cada vez Wykham Delandre salía también de casa, dispuesto a encontrarse con ellos; pero como casi siempre tenía noticia demasiado tarde de que la pareja estaba fuera, él regresaba sobre sus pasos más amargado y frustrado que antes.

Finalmente, la pareja se ausentó de Brent's Rock más tiempo de lo habitual. Unos días antes habían tenido una pelea, que superó en crudeza a todas las anteriores; pero también esta vez se habían reconciliado y mencionaron en presencia de los sirvientes un viaje al continente. Al cabo de pocos días Wykham Delandre se ausentó también, y transcurrieron varias semanas hasta su regreso. Los vecinos se percataron de sus nuevas ínfulas, se mostraba satisfecho, exaltado; apenas sabían cómo calificarlo. Fue directo a Brent's Rock y exigió ver a Geoffrey Brent, y cuando le informaron de que aún no había vuelto, dijo con una resolución ominosa que los sirvientes no dejaron de notar:

—Volveré. Tengo noticias importantes que no pueden esperar.

Dio media vuelta y se fue. Pasaron las semanas y a continuación los meses, y llegó entonces el rumor, más adelante confirmado, de que se había producido un accidente en el valle de Zermatt. Cuando atravesaba un peligroso paso montañoso, el carruaje donde viajaban una dama inglesa y su cochero había caído por un precipicio; el caballero que los acompañaba, el señor Geoffrey Brent, había tenido la fortuna de salvarse, pues en ese momento no iba a bordo sino que subía la pendiente a pie para facilitar la labor de los caballos. Dio aviso de lo acontecido y se organizó la búsqueda. El parapeto roto, el camino en mal estado, las marcas dejadas por los caballos al forcejear en el terraplén antes de caer finalmente al torrente que discurría abajo... todo confirmaba el triste relato. Estaban en la temporada de lluvias y en invierno había nevado mucho, así que el nivel del río estaba mucho más alto de lo habitual y la corriente arrastraba témpanos de hielo. Se efectuó una búsqueda exhaustiva, y finalmente los restos del carruaje y el cadáver de un caballo fueron localizados en un remanso. Más tarde el cuerpo del cochero apareció en una llanura de aluvión cerca de Täsch; pero del cuerpo de la mujer, así como del segundo caballo, no había rastro; lo que para entonces quedara de ellos estaría girando en los remolinos del Ródano, de camino al lago Ginebra.

Wykham Delandre efectuó todas las pesquisas posibles pero no encontró ninguna huella de la mujer desaparecida. Descubrió, sin embargo, en los libros de registro de varios hoteles el nombre de «señor Geoffrey Brent y señora». Erigió una estela en Zermatt en memoria de su hermana, empleando su nombre de casada, e hizo colocar una lápida en la iglesia de Bretten, la parroquia a la que pertenecían tanto Brent's Rock como Dander's Croft.

Hizo falta casi un año para que la conmoción provocada por el accidente se extinguiera y el vecindario volviera a sus rutinas. Brent continuaba ausente, y Delandre bebía más y estaba más malhumorado y vengativo que nunca.

Se produjo entonces un nuevo revuelo. Brent's Rock se preparaba para la llegada de una nueva señora. El mismo Geoffrey lo anunció de manera oficial en una carta enviada al vicario, en la que le informaba de que unos meses atrás había contraído matrimonio con una dama italiana, y que se hallaban de camino a casa. Un pequeño ejército de obreros invadió Brent's Rock; los martillos y las garlopas se oían todo el día y en el aire imperaban los olores de la cola y la pintura. El ala sur de la vieja casa se reformó por completo y los trabajadores se fueron, dejando nada más que los materiales para el arreglo del antiguo salón, que se efectuaría al regreso de Geoffrey Brent, quien deseaba supervisarlo en persona. Portaba consigo dibujos detallados de un salón en la residencia del padre de su esposa; quería reproducir para ella la estancia a la que estaba acostumbrada. Como había que rehacer las molduras, se llevaron postes y tableros para montar andamios y lo dejaron todo apilado a un lado del gran salón, así como un enorme tanque o caja de madera para mezclar la cal, de la que también se dispusieron unos cuantos sacos.

Cuando llegó la nueva señora de Brent's Rock, repicaron las campanas de la iglesia y hubo júbilo generalizado. Era una criatura maravillosa, plena de la poesía, el fuego y la pasión del sur; y las pocas palabras en inglés que había aprendido fueron pronunciadas de modo tan dulce y vacilante que de inmediato se ganó el corazón de la gente, que no sabía qué le gustaba más de ella, si la música de su voz o la belleza arrebatadora de sus oscuros ojos.

Geoffrey Brent se mostraba más feliz que nunca; pero su expresión tenía un cariz oscuro y ansioso que quienes lo conocían desde hacía mucho identificaron como algo nuevo, y a veces se sobresaltaba, como por la irrupción de una voz inaudible para los demás.

Y pasaron los meses y corrió el rumor, cada vez más insistente, de que en Brent's Rock iba a haber un heredero. Geoffrey era muy cariñoso con su mujer, y su vínculo parecía haberlo aplacado. Mostraba mayor interés que nunca en sus arrendatarios y en las necesidades de estos; y abundaron las obras de caridad, tanto por parte de él como de su encantadora y joven esposa. Geoffrey parecía haber depositado todas sus esperanzas en el niño que se hallaba en camino, y, al poner la vista en el futuro, la oscura expresión que le alteraba el rostro fue poco a poco apagándose.

Mientras tanto Wykham Delandre seguía alimentando su ansia vengativa. En el fondo de su corazón había brotado un deseo de represalia que solo aguardaba una oportunidad para cristalizar y adoptar su forma definitiva. Su vaga idea se centraba en la esposa de Brent, a sabiendas de que podía infligirle más daño a través de aquellos a los que amaba, y los tiempos venideros parecían albergar en su seno la oportunidad por él anhelada. Una noche estaba él sentado a solas en el salón de su casa. En otra época había sido una bella estancia, a su estilo, pero el tiempo y el abandono le habían pasado factura y su estado ahora era poco más que ruinoso, sin rastro de dignidad ni pintoresquismo de ninguna clase. Él llevaba un buen rato bebiendo sin parar y se hallaba algo más que atontado. Le pareció oír a alguien en la puerta y alzó la vista. Ordenó a gritos a quien fuera que pasara, pero no se produjo respuesta. Farfulló una blasfemia y retomó sus libaciones. Poco después, sumido en el atolondramiento, inconsciente de cuanto lo rodeaba, se sobresaltó de repente al ver que ante él se hallaba en pie alguien o algo que recordaba a una versión ajada y fantasmagórica de su hermana. Por unos instantes lo dominó el miedo. La mujer que estaba frente a él, de rasgos deformados y mirada ardiente, apenas parecía humana, y lo único que conservaba de su hermana, tal como antes había sido, era la abundante melena dorada, si bien se hallaba ahora entreverada de gris. Ella lo contempló fría y prolongadamente, y él, al mirarla a su vez y cobrar conciencia de lo real de su presencia, sintió rebrotar en su corazón el odio que antaño había sentido contra su hermana. Toda la cólera contenida durante el último año cobró voz de súbito cuando él preguntó:

—¿Qué haces aquí? Estás muerta y enterrada.

—Estoy aquí, Wykham Delandre, no porque te quiera, sino porque odio a otro incluso más de lo que te odio a ti.

Sus ojos ardían de cólera.

—¿A él? —susurró su hermano con rabia tal que la mujer se asombró y requirió un instante para recobrar la calma.

—¡Sí, a él! —respondió—. Pero no te confundas, mi venganza es cosa mía, y solo me serviré de ti para que me ayudes.

—¿Se casó contigo? —preguntó Wykham.

El deteriorado rostro de mujer se ensanchó en un escalofriante intento de sonrisa. Fue un simulacro espantoso; los rasgos rotos y las suturas adoptaron extrañas formas y tonalidades, y cuando los múscu-

los tensionados presionaron contra las viejas cicatri-
ces asomaron desagradables líneas blancuzcas.

—¡Eso te gustaría saber! A tu orgullo le halaga-
ría enterarse de que tu hermana llegó a casarse de
verdad. Bien, nunca lo sabrás. Aquella fue mi venganza contra ti y no pienso cambiarla ni un ápice.
He venido esta noche nada más que para hacerte
saber que estoy viva, y así, si allí adonde me dirijo
soy víctima de alguna forma de violencia, habrá un
testigo.

—¿Adónde vas? —reclamó saber el hermano.

—¡Es asunto mío! ¡No tengo la menor intención
de decírtelo!

Wykham se levantó, pero había bebido demasiado y se tambaleó y cayó desplomado. Tendido en el
suelo, declaró su intención de seguir a su hermana; y
en un estallido de humor enfermizo le dijo que la
seguiría a través de la oscuridad gracias al brillo de
su pelo y de su belleza. Ella se volvió hacia él y le dijo
que habría otros para los que su cabello y su belleza
serían también causa de arrepentimiento.

—Es lo que le pasará a él —siseó—, porque el
pelo permanece aunque la belleza haya desaparecido. Cuando liberó el freno y nos lanzó al río, precipicio abajo, poco le importó mi belleza. A lo mejor la
suya también se arruinaría si bajara dando tumbos
contra las rocas del Visp, como me sucedió a mí, o si
acabara convertido en un témpano de hielo. ¡Pero
dejemos que se preocupe! ¡Su hora se acerca! —exclamó, y abrió rabiosa la puerta y desapareció en la
oscuridad.

Más tarde, esa misma noche, la señora Brent, que

no estaba dormida del todo, se sobresaltó y dijo a su esposo:

—Geoffrey, ¿no ha sido eso el ruido de una cerradura en la planta baja?

Pero Geoffrey —pese a que a ella le había parecido que también se había sobresaltado con el ruido— parecía profundamente dormido y su respiración era rítmica. La señora Brent volvió a adormecerse, pero se despertó de nuevo al notar que su esposo se había levantado. Él estaba a medio vestir y mortalmente pálido, y cuando la lámpara que llevaba en la mano le iluminó la cara, a ella le asustó su mirada.

—¿Qué pasa, Geoffrey? ¿Qué haces? —preguntó.

—¡Calla, pequeña! —respondió él con tono extraño, áspero—. Duerme. Estoy intranquilo. Voy a terminar un trabajo que dejé a medias.

—Tráelo aquí, esposo —dijo ella—. Tengo miedo de estar sola. No me gusta que no estés conmigo.

A modo de respuesta, él se limitó a besarla y salió cerrando la puerta. Ella permaneció despierta un rato, hasta que la fatiga se impuso y cayó dormida.

Se despertó bruscamente, con el eco en los oídos de un grito acallado, proveniente de no muy lejos. Saltó de la cama, corrió a la puerta y escuchó, pero no se oía nada.

Preocupada por su esposo, lo llamó:

—¡Geoffrey, Geoffrey!

Al cabo de unos instantes se abrió la puerta del gran salón y apareció Geoffrey, pero sin la lámpara.

—¡Calla! —susurró, en tono áspero y severo—.

¡Calla! ¡Vuelve a la cama! Estoy trabajando y no se me debe molestar. ¡Vuelve a la cama y no despiertes a toda la casa!

Con un escalofrío, pues nunca había oído hablar a su esposo con tal aspereza, ella regresó a la cama a regañadientes y se tumbó, temblorosa, demasiado asustada para llorar, atenta a todos los sonidos. Hubo una larga pausa silenciosa, tras la que llegaron los golpes acallados de algún tipo de herramienta de hierro. A continuación, el ruido de una piedra pesada al caer al suelo, seguido de una maldición entre dientes. Después el sonido de algo al ser arrastrado y nuevos golpes, esta vez de piedra contra piedra. Oyó un sonido extraño, como si abajo estuvieran rascando algo, y luego silencio. Poco después la puerta se abrió lentamente y entró Geoffrey. Su mujer se hizo la dormida pero entre las pestañas lo vio lavarse las manos para retirar algo blanco que parecía yeso.

Por la mañana no hizo ninguna mención a la noche previa; le daba miedo formular preguntas.

Desde aquel día una sombra se cernió sobre Geoffrey Brent. No comía ni dormía como antes, y retomó su antiguo hábito de volverse de pronto como si alguien le hablara a su espalda. Cuando el capataz de los obreros volvió para preguntar cuándo podían continuar los trabajos, Geoffrey había salido con su carruaje; el hombre fue al salón, y, cuando Geoffrey volvió, un sirviente le informó de la visita y de dónde estaba. Con un juramento aterrador apartó a un lado al sirviente y corrió al antiguo salón. Cuando Geoffrey irrumpió en la estancia, casi se dio de bruces con el trabajador, que se dirigía a la puerta.

—Mil perdones, señor, justo ahora iba a hacer unas averiguaciones. Di orden para que mandaran doce sacos de cal pero no veo más que diez.

—¡Malditos sean los diez sacos de cal y también los doce! —fue la descortés e incomprensible réplica.

Sorprendido, el trabajador trató de cambiar de tema.

—Verá usted, señor, hay un pequeño desperfecto que nuestros hombres deben de haber causado, pero, naturalmente, mi superior correrá con los gastos de la reparación.

—¿De qué está hablando?

—Aquella losa de la chimenea, señor. Algún idiota debe de haber apoyado en ella el poste de un andamio y la ha partido por la mitad. Es un poco extraño, porque es muy gruesa y parece capaz de soportar cualquier peso.

Geoffrey se quedó un minuto callado, al cabo del cual dijo en tono contenido y de modo mucho más cortés:

—Diga a sus hombres que de momento no voy a hacer nada en el salón. Lo dejaré como está durante un tiempo.

—Muy bien, señor. Enviaré a unos muchachos para que se lleven los andamios y los sacos de cal y adecenten esto un poco.

—¡No! ¡No! —dijo Geoffrey—. ¡Déjenlo todo donde está! ¡Yo le avisaré cuando haya que reanudar el trabajo!

El capataz se fue y dijo luego a su jefe:

—Yo mandaría la factura por el trabajo que ya está hecho. Me parece a mí que no sobra el dinero en esa casa.

En una o dos ocasiones Delandre intentó interceptar a Brent en la carretera y, al comprobar que nada conseguiría así, cabalgó tras el carruaje gritando:

—¿Qué ha sido de mi hermana, tu mujer?

Geoffrey fustigó a los caballos para ponerlos al galope, y el otro, al ver por su palidez y porque su esposa estaba al borde del desmayo que había conseguido su propósito, se alejó soltando una carcajada.

Esa noche, cuando Geoffrey entró en el salón y pasó junto a la gran chimenea retrocedió asustado, sofocando un grito. Con gran esfuerzo, se recompuso y salió de la estancia, a la que regresó portando una luz. Se inclinó sobre la losa rota de la chimenea para comprobar si la luz de la luna que atravesaba la historiada ventana le había engañado. Con un gemido de angustia cayó de rodillas.

Sin lugar a dudas, a través de la grieta en la losa rota, asomaban unas hebras de cabello dorado, entreveradas de gris.

Alertado por un ruido en la puerta, se volvió y vio a su mujer, en pie en el umbral. En la desesperación del momento, tomó medidas para evitar que ella descubriera nada; encendió una cerilla con la lámpara, se agachó y quemó el pelo que brotaba de la losa rota. A continuación, levantándose de modo tan despreocupado como le fue posible, simuló sorpresa al ver a su esposa a su lado.

Pasó la siguiente semana presa de la agonía, ya

que, bien por casualidad o bien por designio, le era imposible estar a solas en el salón. En cada visita, el cabello había vuelto a crecer a través de la grieta y él debía vigilarlo en todo momento a fin de que su espantoso secreto no fuera descubierto. Intentó dar con un escondrijo fuera de la casa para el cadáver de la mujer, pero siempre lo interrumpía alguien; y, en una ocasión, cuando salía por su puerta secreta se topó con su esposa, que lo interrogó al respecto y dejó manifiesto su asombro por no haberse percatado nunca de la llave que él le mostraba ahora con tanta renuencia. Geoffrey amaba sincera y apasionadamente a su mujer, así que la posibilidad de que ella descubriera sus temibles secretos, o incluso de que dudara de él, lo colmaba de angustia; y al cabo de un par de días no pudo evitar llegar a la conclusión de que, cuando menos, ella sospechaba algo.

Esa misma noche ella entró al salón después de su paseo y lo encontró sentado y deprimido ante la chimenea apagada. Le habló sin rodeos:

—Geoffrey, ese hombre, Delandre, ha hablado conmigo. Dice cosas horribles. Me ha contado que hace una semana su hermana volvió a casa, convertida en una ruina, en un despojo. Lo único que quedaba de ella tal como era antes era su pelo, dorado como el oro, y lo advirtió de un propósito ominoso. Me preguntó dónde está ella, pero, Geoffrey, está muerta, ¡muerta! Así que ¿cómo puede haber vuelto? ¡Estoy muy asustada y no sé qué hacer!

A modo de respuesta, Geoffrey prorrumpió en un torrente de blasfemias que la hizo estremecerse. Geoffrey maldijo a Delandre y a su hermana y a toda su familia, y en especial dedicó una maldición tras otra a su cabello dorado.

—¡Calla, calla! —dijo ella, y también guardó silencio, pues le daba miedo el estado de su esposo.

Geoffrey, impulsado por la rabia, se levantó y se apartó de la chimenea, pero se detuvo de súbito al ver una nueva expresión, de terror, en el rostro de su esposa. Siguió la dirección de su mirada y también se estremeció, porque un mechón dorado asomaba por la grieta de la losa y yacía sobre esta.

—¡Mira, mira! —gritó ella—. ¡Una aparición fantasmal! ¡Vámonos, vámonos de aquí!

Y aferrando a su esposo por la muñeca, con el frenesí fruto de la locura, lo sacó a rastras de la estancia.

Esa noche ella sufrió una fiebre muy alta. El médico del distrito acudió de inmediato a atenderla y se telegrafió a Londres solicitando la asistencia de un especialista. Geoffrey estaba desesperado; la angustia que le causaba la situación de su joven esposa casi le hizo olvidarse de su crimen y de las consecuencias de este. Por la tarde el médico tuvo que irse para atender a otros pacientes y dejó que Geoffrey se ocupara de su mujer.

—Recuerde, debe usted conseguir que permanezca serena hasta que yo vuelva mañana por la mañana o hasta que otro médico se haga cargo del caso. Lo que hay que evitar, por encima de todo, es otro arrebato emocional. Cuide de mantenerla abrigada. Nada más se puede hacer.

Más tarde, esa noche, cuando toda la servidumbre se había retirado ya, la esposa de Geoffrey se levantó de la cama y dijo a su marido:

—¡Vamos! ¡Vamos al antiguo salón! ¡Yo sé de dónde sale el oro! ¡Quiero verlo crecer!

Geoffrey la habría detenido de buen grado, pero, por una parte, temía por la vida y la cordura de su esposa, y por otra quería evitar que, en un ataque, ella anunciara a gritos sus terribles sospechas, y viendo que era inútil tratar de disuadirla, la envolvió en una manta y la acompañó al antiguo salón. En cuanto entraron, ella echó la llave.

—No quiero que ningún desconocido nos moleste esta noche a nosotros tres —susurró con una lánguida sonrisa.

—¿Nosotros tres? ¡Aquí solo estamos dos! —dijo Geoffrey estremeciéndose. Tuvo miedo de decir nada más.

—Siéntate aquí —dijo su esposa apagando la luz—. Sentémonos junto a la chimenea y veamos crecer el oro. ¡La luz plateada de la luna tiene celos! Mira cómo se desliza sigilosa por el suelo hacia el oro, ¡nuestro oro!

Geoffrey miró, con temor creciente, y comprobó que en las horas que habían mediado desde su última visita al salón el cabello que salía de la grieta en la losa había seguido creciendo. Trató de taparlo poniendo los pies sobre la rotura; y su esposa, acercando su silla a la de él, apoyó la cabeza en su hombro.

—No te muevas, querido —dijo—. Quedémonos sentados, sin movernos, y observemos. ¡Juntos descubriremos el secreto del oro que crece!

Él la rodeó con un brazo y permaneció sentado en silencio, y, mientras la luz de la luna se deslizaba por el suelo, ella se quedó dormida.

Tenía él miedo de despertarla, así que siguió sentado y abatido mientras transcurrían las horas.

Ante sus ojos horrorizados, el cabello dorado crecía y crecía, y al mismo tiempo el corazón de Geoffrey se enfriaba cada vez más, hasta que al final no le restaron fuerzas para moverse, y se quedó sentado, contemplando horrorizado su condenación.

Por la mañana, cuando llegó el médico de Londres, Geoffrey y su mujer no aparecían por ningún lado. Buscaron inútilmente en todas las habitaciones. Como último recurso, se forzó la gran puerta del antiguo salón y quienes entraron se encontraron con una visión triste y escalofriante.

Junto a la chimenea apagada se hallaban sentados Geoffrey Brent y su joven esposa, helados, pálidos y muertos. La expresión de ella era pacífica y tenía los ojos cerrados como si durmiera; pero el rostro de él, con una expresión de horror intolerable, hizo estremecerse a cuantos lo presenciaron. Tenía abiertos los ojos, que miraban vidriosos a sus pies, enredados en unos mechones de cabello dorado, entreverado de gris, que brotaban de la losa rota de la chimenea.

El retorno de Abel Behenna

El pequeño puerto de Pencastle, en Cornualles, resplandecía a principios de abril; el sol había regresado, y parecía que para quedarse, tras un largo y crudo invierno. Rotundo y negro, el peñón se alzaba ante un fondo de azul desvaído, allá donde el cielo se encontraba con la niebla a la altura del lejano horizonte. El mar tenía la genuina tonalidad de Cornualles: zafiro, salvo cuando se tornaba de un profundo verde esmeralda en las profundidades insondables al pie de los acantilados, donde las cuevas de las focas abrían unas lúgubres fauces. En las laderas la hierba estaba marrón y reseca. Las matas de tojo eran de un gris ceniciento, pero el amarillo dorado de sus flores se propagaba por la pendiente de la colina, rodeando las rocas a medida que estas afloraban, y reduciéndose luego a macizos en puntos concretos, hasta finalmente desaparecer del todo donde los vientos marinos barrían los filos de los acantilados como una guadaña aérea que jamás cesara de trabajar. El conjunto de la ladera, con el fondo marrón y los destellos dorados, era idéntico a un colosal martillo amarillo.

El pequeño puerto se abría entre dos altos acantilados y al abrigo de una peña solitaria, herida por numerosas grutas y bufones a través de los cuales, en las tormentas, el mar hacía oír su voz atronadora a la vez que proyectaba surtidores de espuma. La ensenada doblaba hacia el oeste en un rumbo serpenteante, protegida su boca por dos pequeños muelles curvos a izquierda y derecha. Eran estos de tosca construcción, de oscuras losas de pizarra dispuestas de canto, sostenidas por grandes pilares, unidos entre sí mediante zunchos de hierro. Más arriba fluía, sobre un lecho rocoso, el río cuyas avenidas invernales habían venido horadando desde antiguo las colinas. El río era profundo en la desembocadura, pero aquí y allí, en los tramos más anchos, quedaban al descubierto con la marea baja partes resquebrajadas del fondo de roca, abundantes en agujeros donde se pescaban cangrejos y langostas. De entre las piedras asomaban postes robustos, empleados para amarrar las pequeñas embarcaciones de bajura que frecuentaban el puerto. Aguas arriba, la corriente continuaba siendo profunda, ya que la marea penetraba mucho tierra adentro, pero calmosa, porque hasta el efecto de las más fuertes tormentas quedaba antes aplacado. A medio kilómetro tierra adentro la corriente conservaba su profundidad en marea alta, pero con la bajamar afloraban en ambas orillas tramos de la misma roca fracturada que podía verse más abajo, entre cuyas grietas corría y murmuraba el agua dulce del río. También aquí había postes de amarre para las embarcaciones de pesca. Las orillas estaban flanqueadas por filas de *cottages* que alcanzaban casi la línea de la marea alta. Eran bonitas casas, de construcción mimada y robusta, con jardines estrechos y bien cuidados en la parte delantera, repletos de plantas de estilo conservador: groselleros en flor, coloridas primaveras, alhelíes y uva de gato. Por las fachadas de muchas de ellas trepaban clemátides y glicinas. La marquetería de ventanas y puertas era en todas blanca como la nieve, y el pequeño sendero que llevaba a cada una estaba pavimentado con losas de piedra clara. En algunas entradas había unos porches diminutos, y en otras, bancos rústicos confeccionados a partir de troncos o de viejos barriles; casi todos los alféizares estaban adornados con cajas o tiestos con flores o plantas de follaje vistoso.

Dos hombres vivían en sendos *cottages* situados frente a frente, uno en cada orilla. Dos hombres, ambos jóvenes, ambos apuestos, ambos prósperos, y que habían sido compañeros y rivales desde la infancia. Abel Behenna era moreno, con la tez oscura agitanada que los fenicios, mineros viajeros, dejaron a su paso; Eric Sanson —apellido que, según el anticuario local, era una corrupción de Sagamanson— era rubio, con la complexión rubicunda rastro de las incursiones de los salvajes noruegos. Los dos parecían haber resuelto desde el primer momento de su vida trabajar juntos y competir entre sí, luchar por el otro y afrontar espalda con espalda toda empresa. Ahora los dos habían puesto colofón a su templo de la Unidad al enamorarse de la misma chica. Sarah

Trefusis era sin duda la chica más guapa de Pencastle, y muchos eran los jóvenes que gustosos habrían probado fortuna con ella, pero antes había dos a los que batir, y cada uno de estos era el hombre más fuerte y resuelto del puerto, a excepción del otro. La mayoría de los chicos pensaban que el reto era demasiado duro, lo que los llevaba a no tener buena opinión de ninguno de los tres actores principales; mientras que la mayoría de las chicas, que, en el mejor de los casos, tenían que soportar los gruñidos de sus novios y el sentimiento de no ser nada más que plato de segunda mesa, tampoco veían a Sarah con buenos ojos. Y esto llevó a que, al cabo de más o menos un año, pues los cortejos rurales son procesos lentos, los dos hombres y la mujer se vieran unidos por las circunstancias. Todos estaban contentos, así que no tenía importancia, y Sarah, que era vanidosa y frívola, se cobraba venganza, de manera callada pero cuidadosa, tanto de hombres como de mujeres. Cuando una joven sale de paseo y no puede presumir más que de un chico, y no del todo satisfecho, no le hace ninguna gracia que este mire con ojos de carnero degollado a otra chica, más guapa que ella y escoltada por dos devotos pretendientes.

Al cabo llegó el momento que Sarah había temido y retrasado una y otra vez, el momento en que tendría que elegir entre los dos hombres. Los dos le gustaban y, en realidad, cualquiera de ambos habría satisfecho los requerimientos de una chica incluso más exigente que ella. Pero su carácter era tan reacio a los cambios que pensaba más en lo que podía perder que en lo que podía ganar, y siempre que creía haber llegado a una decisión, de inmediato la asaltaban las dudas. Cada vez, el hombre al que había rechazado se veía provisto de repente de toda una serie de ventajas nuevas, volviéndolo más atractivo de lo que habría sido en caso de haber resultado él el elegido. Prometió a cada uno que el día de su cumpleaños —el cumpleaños de Sarah— le daría una respuesta, y ese día, el once de abril, había llegado. Las dos promesas se habían formulado de manera individualizada y confidencial, pero ninguno de los hombres era dado al olvido. A primera hora de la mañana, Sarah se encontró con que ambos aguardaban ante su puerta. Ninguno de los dos había dicho nada al otro; simplemente querían oír lo antes posible su respuesta y, si era posible, solicitar su mano. Damón no tiene por costumbre hacerse acompañar por Fintias a la hora de hacer una propuesta de matrimonio, y en el corazón de aquellos dos hombres sus aspiraciones sentimentales se hallaban por encima de las obligaciones de la amistad. Durante todo el día se mantuvieron alejados uno del otro. Era una situación violenta para Sarah y, pese a que ser adorada de aquel modo halagaba su vanidad, había momentos en que le molestaba la persistencia de los dos hombres. El único consuelo en tales momentos se lo proporcionaba el atisbar, tras las elaboradas sonrisas de las chicas que pasaban por la calle y veían su puerta doblemente guardada, los celos que les desbordaban el corazón. La madre de Sarah era una mujer de ideas vulgares y mezquinas, y, al ver lo que sucedía, su único objetivo, insistentemente manifestado a su hija con las palabras más claras posible, era el de disponerlo todo de modo que Sarah sacara todo lo posible de ambos hombres. Con tal propósito se había mantenido astutamente lo más al margen posible de los galanteos de su hija, observando en silencio. Al principio Sarah reaccionó con indignación ante sus mezquinos planes, pero, como de costumbre, su débil naturaleza cedió ante la insistencia y ahora estaba dispuesta a aceptarlos. No se sorprendió cuando, en el pequeño patio de la parte trasera de la casa, su madre le dijo:

—Ve a dar un paseo por la colina. Quiero hablar con ese par. Los dos están subiéndose a las paredes por ti y es hora de arreglar las cosas.

Sarah protestó débilmente pero su madre la cortó en seco.

—¡Mira, niña, ya lo he decidido! Los dos te quieren y solo uno puede tenerte, pero antes de que elijas hay que organizarlo para que te quedes con todo lo que tienen los dos. ¡No discutas! Vete a dar un paseo y cuando vuelvas ya lo habré arreglado. Hay una forma muy fácil.

Sarah subió la colina por estrechos senderos entre la aulaga dorada y la señora Trefusis se reunió con los dos hombres en el salón de la pequeña casa.

Inició su ataque con la valentía desesperada característica de toda madre que protege a sus hijos, por muy cuestionables que sean sus ideas.

—Vosotros dos estáis enamorados de mi Sarah.

Un silencio avergonzado confirmó palabras tan descaradas. Prosiguió.

—Ninguno tiene muchas posesiones.

Una vez más, aceptaron tácitamente a la acusación.

—No creo que ninguno pueda mantener a una esposa.

Aunque ninguno de los dos dijo nada, su mirada y actitud dejaban claro su disentimiento.

—Pero si juntáis lo que tenéis habría bastante para un hogar confortable para uno de vosotros... y para Sarah.

Los miró fijamente, con sus astutos ojos entornados; cuando su escrutinio le dijo que habían asimilado la idea se apresuró a seguir, como si temiera que fueran a contradecirla.

—A la chica le gustáis los dos y puede que le sea difícil escoger. ¿Por qué no os la echáis a suertes? Primero juntad vuestro dinero; sé que los dos tenéis algo ahorrado. Que el ganador lo coja todo y negocie con ello un tiempo, y que luego vuelva a casa y se case con ella. ¡Supongo que no tenéis miedo! ¡Y que ninguno se negará a hacer tal cosa por la chica a la que decís amar!

Abel rompió el silencio.

—¡No me parece decente jugárnosla a suertes! A ella no le gustaría y no es... respetuoso.

Eric lo interrumpió. Sabía que no tendría tantas posibilidades como Abel en caso de que Sarah eligiera entre los dos.

—¿Te asusta el azar?

—¡De eso nada! —dijo Abel, resuelto.

Al ver que su plan estaba funcionando, la señora Trefusis se aprovechó de su ventaja.

—¿Estáis de acuerdo en juntar todo vuestro dinero para darle un hogar, tanto si os la jugáis a suertes como si es ella quien decide?

—¡Sí! —dijo Eric apresuradamente, y Abel coincidió, con idéntica testarudez.

Los perversos ojillos de la señora Trefusis destellaron. Oyó los pasos de Sarah en el patio.

—¡Aquí la tenemos! Se lo dejo a ella —dijo, y salió.

Durante el corto paseo por la colina, Sarah había intentado llegar a una decisión. Estaba cerca de sentirse enfadada con los dos hombres por ponérselo tan difícil y, en cuanto entró en el salón, dijo sin preámbulos:

—Quiero hablar con los dos. Vamos a Flagstaff Rock, donde podremos estar solos.

Cogió su sombrero, salió de la casa y tomó el ventoso sendero que trepaba por la empinada peña, coronada por un alto mástil, donde antaño prendían sus hogueras los causantes de naufragios. La peña formaba la mandíbula norte del pequeño puerto. El camino solo era lo bastante ancho para dos personas, y la situación quedó clara cuando, por una suerte de acuerdo implícito, Sarah marchó por delante, con los dos hombres siguiéndola, uno junto al otro, sin que ninguno se quedara atrás. A esas alturas, el corazón de cada uno ardía de celos. Cuando llegaron a la cima de la peña, Sarah se apoyó contra el mástil y los dos jóvenes se situaron frente a ella. La chica había escogido el lugar con astucia y premeditación, pues no había espacio para nadie a su lado. Guardaron silencio un momento, hasta que Sarah se echó a reír y dijo:

da por su amigo. Caminó hacia él con intención de consolarlo, y le tendió la mano diciendo:

—La suerte ha estado de mi lado, viejo amigo. No me guardes rencor. Me esforzaré por hacer feliz a Sarah y tú serás como un hermano para nosotros.

—¿Un hermano? ¡Al diablo! —fue la respuesta de Eric, que dio media vuelta y echó a caminar pendiente abajo.

Pero tras unos pasos por el sendero rocoso se detuvo y regresó junto a la pareja. Se plantó frente a Abel y Sarah, que permanecían abrazados.

—Tienes un año —dijo—. ¡Sácale provecho! ¡Y asegúrate de estar de vuelta a tiempo de reclamar a tu mujer! Regresa a tiempo de leer las amonestaciones para casarte el once de abril. Si no lo haces, te aseguro que yo leeré las mías.

—¿Qué estás diciendo, Eric? ¿Te has vuelto loco?

—No más loco que tú, Abel Behenna. Ve y aprovecha tu oportunidad. Yo me quedo, pero también aprovecharé la mía. No voy a dejar que la hierba me crezca bajo los pies. Hace cinco minutos a Sarah no le importabas más que yo, y puede cambiar de parecer cinco minutos después de que te vayas. Solo has ganado por un punto. El resultado final puede cambiar.

—¡Nada va a cambiar! —dijo Abel, cortante—. Sarah, ¿me serás fiel? ¿No te casarás hasta que vuelva?

—¡Solo te esperará un año! —dijo Abel—. Es el acuerdo.

—Mi promesa durará un año —dijo Sarah.

—Os prometí que hoy os daría una respuesta. He pensado y pensado y pensado, hasta enfadarme con los dos por atormentarme así, y ni siquiera estoy cerca de llegar a una decisión.

—¡Déjanos echarlo a suertes, muchacha! —dijo Eric de pronto.

Sarah no se indignó por la propuesta; la sugerencia reiterada de su madre la había predispuesto a aceptar algo semejante, y su carácter débil la inclinaba a precipitarse hacia cualquier salida que le evitara dificultades. Con la mirada gacha y aire distraído se toqueteó las mangas del vestido, pareciendo haber accedido tácitamente a la propuesta. En cuanto lo infirieron, cada uno de los hombres se sacó una moneda del bolsillo, la lanzó al aire, la atrapó en la palma de una mano y la cubrió con la otra. Durante unos segundos se quedaron así, todos en silencio, hasta que Abel, el más reflexivo de los dos hombres, habló.

—¡Sarah! ¿Te parece bien?

Al mismo tiempo que lo dijo, descubrió su moneda y volvió a guardarla en el bolsillo. Sarah estaba molesta.

—Da igual si está bien o mal. A mí me vale. Y tú haz lo que quieras, tómalo o déjalo —dijo ella.

—¡Nada de eso, muchacha! —fue la rápida respuesta de Abel—. Mientras tú estés de acuerdo, a mí me vale. Solo temo que luego te arrepientas y lo lamentes. Si quieres a Eric más que a mí, dilo claramente, por Dios. Creo que soy lo bastante hombre como para aceptarlo. Pero si soy a quien más quieres, ¡no nos hagas a los dos unos desgraciados de por vida!

Enfrentado a una dificultad, el carácter débil de Sarah salió a relucir; la chica se tapó la cara con las manos y rompió a llorar.

—¡Es por mi madre! —dijo—. ¡No deja de decirme que lo haga!

El silencio que siguió fue roto por Eric, quien, acalorado, dijo a Abel:

—Deja en paz a la muchacha, ¿quieres? Si prefiere hacerlo así, que así sea. A mí me vale, y a ti también te tendría que valer. Ella lo ha decidido y nosotros tenemos que apechugar.

Sarah se volvió hacia él, presa de una repentina furia.

—¡Cállate! ¿A ti qué te importa, en cualquier caso? —dijo, y reanudó su llanto.

Eric estaba tan pasmado que se quedó sin palabras. Su aspecto era ridículo, boquiabierto y con las manos ante él, todavía con la moneda entre ellas. Guardaron silencio hasta que Sarah se apartó las manos de la cara y soltó una risa histérica.

—¡Como no sois capaces de decidiros me voy a casa! —dijo, y dio media vuelta.

—¡Alto! —dijo Abel en tono autoritario—. Eric, tú lanza la moneda y yo elijo. Pero antes dejémoslo todo bien claro: el que gane coge todos los ahorros de los dos, se va a Bristol y zarpa para negociar con el dinero. Luego vuelve, se casa con Sarah y los dos se quedan con todos los beneficios, sean cuanto sean. ¿Estamos de acuerdo?

—Sí —dijo Eric.

—Me casaré con el ganador en mi próximo cumpleaños —dijo Sarah, y al hacerle impactó el des-

preciable espíritu mercenario de lo que iba a hacer. Se volvió a toda prisa para ocultar un violento rubor.

Los ojos de los dos hombres resplandecían como si albergaran fuego en su interior.

—Un año. ¡Que así sea! —dijo Eric—. El que gane dispone de un año.

—¡Lanza! —dijo Abel, y la moneda giró en el aire.

Eric la atrapó y, una vez más, la sostuvo entre las manos extendidas.

—¡Cara! —eligió Abel, empalideciendo al decirlo.

Se inclinó a mirar y lo mismo hizo Sarah; sus cabezas casi se tocaban. Él sintió el cabello de la chica rozarle la mejilla y se estremeció, como si quemara. Eric alzó la mano superior; la moneda yacía en la palma mostrando su cara. Abel abrazó a Sarah. Con una maldición, Eric lanzó la moneda al mar. Se apoyó en el mástil y contempló con el ceño fruncido y las manos hundidas en los bolsillos a los otros dos. Abel susurraba palabras felices y apasionadas a Sarah y esta, a medida que lo escuchaba, empezaba a pensar que el azar había adivinado los deseos secretos de su corazón: que Abel era al que más quería de los dos.

Al cabo Abel alzó la vista e intercambió una mirada con Eric en el momento justo en que el último rayo del ocaso iluminaba el rostro de este. La luz roja intensificaba lo rubicundo de su piel; parecía empapado de sangre. Abel no dio importancia al ceño fruncido del otro, pues ahora que su corazón había hallado la paz sentía una compasión inmacula-

La expresión de Abel se ensombreció y a punto estuvo de replicar algo, pero supo controlarse y sonrió.

—Esta noche no quiero ponerme duro ni enfadarme. ¡Vamos, Eric! Hemos jugado y luchado juntos. He ganado limpiamente. He jugado limpiamente durante todo el cortejo. Lo sabes tan bien como yo, y ahora que parto le pido a mi viejo y buen amigo que me ayude mientras estoy fuera.

—¡No me pidas eso! ¡Que sea Dios el que te ayude!

—Ya lo ha hecho —dijo Abel llanamente.

—Entonces que siga haciéndolo —respondió Eric enojado—. ¡Yo me conformo con el diablo!

Y sin decir más bajó a zancadas por el empinado sendero y se perdió de vista tras las rocas.

Cuando Eric se fue, Abel se volvió hacia Sarah, confiando en disfrutar de un momento íntimo, pero lo primero que ella le dijo le heló la sangre.

—¡Qué solitario está esto sin Eric!

Y estas palabras resonaban todavía en la cabeza de Abel cuando dejó a Sarah en su casa, y continuaron haciéndolo más tarde.

A la mañana siguiente, temprano, Abel oyó un ruido en su puerta y al abrir vio que Eric se alejaba a paso vivo. En el umbral aguardaba una pequeña bolsa de lona repleta de oro y plata; y en un trozo de papel prendido a ella con un alfiler leyó:

Toma el dinero y vete. Yo me quedo. ¡Que Dios te acompañe! ¡Y que el diablo me acompañe a mí! Recuerda: el once de abril.

ERIC SANSON

85

Esa misma tarde Abel partió hacia Bristol y, una semana más tarde, zarpó en el *Star of the Sea* con destino Pahang. Su dinero —incluyendo el que había sido de Eric— viajaba a bordo en forma de un cargamento de juguetes baratos. Había sido aconsejado por un viejo y sagaz marino al que conocía, buen sabedor de cómo se hacían las cosas en el Quersoneso Áureo, que le aseguró que conseguiría un chelín por cada penique que invirtiera en ese negocio.

A medida que el año fue transcurriendo, la inquietud de Sarah aumentó. Eric no cesaba de rondarla para cortejarla a su estilo persistente y dominante, a lo que ella no presentaba objeción. No recibió más que una carta de Abel, en la que este le decía que el negocio había sido provechoso, que ya había enviado alrededor de doscientas libras al Banco de Bristol y que planeaba invertir otras cincuenta en productos que vender en China, adonde el *Star of the Sea* se dirigía y desde donde regresaría a Bristol. También sugería que devolvieran a Eric su dinero, junto con su parte de los beneficios. Eric recibió la propuesta con cólera, mientras que la madre de Sarah se limitó a tacharla de infantil.

Desde entonces habían pasado más de seis meses sin que llegara ninguna otra carta, y las esperanzas de Eric, que se habían venido abajo con la misiva de Pahang, volvían a alzarse. No cesaba de acosar a Sarah con preguntas hipotéticas. Si Abel no regresa, ¿se casaría ella con él? Si pasaba el once de abril sin que Abel hubiera arribado a puerto, ¿se casaría ella con él? Si Abel se había quedado con su fortuna y había desposado a otra mujer, ¿se casaría ella con él, Eric, en cuanto tuvieran noticia de ello? Y así, sin descanso, ofreciendo una variedad interminable de posibilidades. La fuerza de voluntad y la determinación de él acabaron por imponerse al débil carácter de ella. Sarah comenzó a perder la fe en Abel y a contemplar a Eric como posible esposo; y a ojos de una mujer, un posible esposo se diferencia de todos los demás hombres. Comenzó a experimentar un afecto inédito por él, y la confianza fruto del cortejo diario consentido hizo crecer el sentimiento. Sarah empezó a ver a Abel como nada más que un episodio del pasado, y si su madre no le hubiera recordado constantemente la notable fortuna que ya había depositada en el Banco de Bristol, se habría olvidado por completo de la existencia de Abel.

El once de abril era sábado, por lo que para contraer matrimonio ese día era necesario que se leyeran las amonestaciones el domingo veintidós de marzo. Desde comienzos de ese mes Eric no cesó de insistir en la ausencia de Abel, y su opinión, manifestada a las claras, de que este había muerto o se había casado empezó a calar en la chica. Cuando la primera mitad del mes quedó atrás, Eric se mostró exultante, y el día quince, después de la misa, llevó a Sarah a dar un paseo a Flagstaff Rock. Allí dejó bien claras sus intenciones.

—Le dije a Abel, y también a ti, que si no estaba aquí para leer sus amonestaciones el día once, yo leería las mías el doce. Ha llegado ese momento y así voy a hacerlo. Abel ha incumplido su palabra.

Al oír esto, Sarah se impuso a su flaqueza e indecisión.

—¡Todavía no lo ha hecho!

Eric rechinó los dientes de rabia.

—Si no quieres renunciar a él —dijo arremetiendo a golpes coléricos contra el mástil, que tembló emitiendo un murmullo—, muy bien, adelante. Yo cumpliré mi parte del acuerdo. El domingo leeré mis amonestaciones y tú podrás rechazarlas en la iglesia si así lo quieres. En caso de que Abel esté en Pencastle el once, puede cancelarlas y leer las suyas; pero hasta entonces, haré lo que tengo que hacer, ¡y ay del que se interponga en mi camino!

Sin añadir más bajó a zancadas por el sendero rocoso y, mientras Sarah lo veía alejarse siguiendo la línea de los acantilados, en dirección a Bude, no pudo menos que admirar su valor y su intensidad vikingos.

Durante la semana siguiente no llegaron noticias de Abel, y el sábado Eric anunció las amonestaciones de matrimonio entre él y Sarah Trefusis. El clérigo esbozó una queja porque, aunque nada formal se había dicho al vecindario, todos daban por supuesto desde la partida de Abel que cuando este volviera se casaría con Sarah; pero Eric no estaba dispuesto a discutirlo.

—Es un tema doloroso, señor —dijo con una firmeza que convenció al pastor, un hombre joven—. No creo que haya nada contra Sarah ni contra mí. ¿Por qué deberían ponerse objeciones?

El pastor no dijo nada más y al día siguiente leyó por primera vez las amonestaciones, entre murmullos de la congregación. Sarah estaba presente, de modo contrario a la costumbre, y pese a su rubor, disfrutó de su triunfo sobre las demás chicas, cuyas amonestaciones no habían llegado aún. Antes de que terminara la semana empezó a trabajar en su vestido de novia. Eric tomó la costumbre de ir a verla coser; la imagen le emocionaba. Le decía cosas bonitas y eran para ambos momentos íntimos deliciosos.

Las amonestaciones fueron leídas por segunda vez el veintinueve, y las esperanzas de Eric se fortalecieron más y más, pese a sufrir episodios de total desesperación cuando recordaba que la copa de la felicidad podía serle arrebatada de los labios en cualquier momento, hasta el último segundo. En tales ocasiones se veía arrebatado de cólera —irrefrenable y sin asomo de remordimientos—, rechinaba los dientes y apretaba los puños como si un rastro de la cólera *berserker* de sus ancestros todavía circulara por sus venas. El jueves fue a ver a Sarah y la encontró, bañada por el sol, dando los últimos retoques al blanco vestido de novia. El corazón de Eric se colmó de alegría, que se transformó en un júbilo inexpresable, al ver tan enfrascada en la tarea a la mujer que pronto sería su esposa, y se relajó, presa de un lánguido éxtasis. Se inclinó, besó a Sarah en los labios y susurró en su sonrosada oreja:

—¡Tu vestido de boda, Sarah! ¡El que llevarás cuando te cases conmigo!

Cuando retrocedió para seguir admirándola, ella alzó la vista y lo miró con descaro.

—A lo mejor contigo no. ¡A Abel todavía le queda más de una semana!

Luego ella rompió a llorar consternada, pues

Eric soltó una maldición colérica y salió de la casa dando un portazo. El incidente perturbó a Sarah más de lo que habría esperado porque hizo revivir en ella los miedos, las dudas y la indecisión. Lloró un poco, dejó a un lado el vestido y, para tranquilizarse, salió a dar un paseo, con intención de sentarse un rato en la cima de Flagstaff Rock. Cuando llegó, se encontró con un grupo de gente que discutía acaloradamente sobre el tiempo. El mar se hallaba en calma y brillaba el sol, pero el mar se encontraba recorrido por unas extrañas franjas, oscuras y claras, y en la costa las rocas estaban ribeteadas de espuma, que se estiraba trazando curvas y círculos al retroceder las olas. El viento había rolado y llegaba ahora en forma de rachas frías y violentas. El bufón que atravesaba Flagstaff Rock, desde la bahía rocosa hasta el muelle, bramaba de manera intermitente, y las gaviotas no cesaban de chillar sobrevolando en círculos la bocana del puerto.

—Tiene mala pinta —oyó que decía un viejo pescador al guardacostas—. Lo vi así una vez, cuando el *Coromandel*, de la Compañía de las Indias Orientales, se hizo añicos en Dizzard Bay.

Sarah no quiso oír más. Era tímida en todo cuanto implicara peligro y no soportaba oír hablar de naufragios y desastres. Volvió a casa y retomó la labor de su vestido, y mientras trabajaba decidió que tranquilizaría a Eric con una dulce disculpa en cuanto lo volviera a ver, y que, después de la boda, aprovecharía la primera oportunidad de la que dispusiera para ajustarle las cuentas y quedar a la par.

La predicción meteorológica del viejo pescador

se vio confirmada. La tormenta llegó al anochecer. El mar se levantó y azotó la costa occidental desde Skye hasta Scilly causando desastres por doquier. Los marinos y pescadores de Pencastle subieron a los acantilados a contemplar preocupados el mar. El destello de un rayo dejó ver un queche a la deriva, con nada más que un foque en pie, a media milla del puerto. Todos los ojos y los catalejos apuntaron hacia la embarcación, a la espera del siguiente rayo, y, cuando se produjo, un coro de voces anunció que era la *Lovely Alice*, que comerciaba entre Bristol y Penzance, tocando cada puerto intermedio.

—¡Que Dios los ayude! —dijo el capitán de puerto—. Nada se puede hacer por salvarlos, estando entre Bude y Tintagel y con viento de tierra.

Los guardacostas se pusieron manos a la obra, ayudados por voluntariosos brazos y corazones, y llevaron el lanzacohetes a la cumbre de Flagstaff Rock. Prendieron bengalas azules para señalizar la bocana del puerto a los que iban a bordo, en caso de que pudieran hacer algo por alcanzarla. A bordo le echaban valor, pero ni la experiencia ni la fuerza servían de nada. Al cabo de unos minutos la *Lovely Alice* se abalanzaba hacia su fin contra el islote rocoso que guardaba la bocana. La tormenta acalló los gritos de quienes saltaban por la borda en un último intento por salvar la vida. Las bengalas azules seguían encendidas y ojos ansiosos escrutaban las aguas por si conseguían ver a alguien, mientras que las cuerdas se hallaban dispuestas para ser lanzadas en ayuda de los supervivientes. Pero no se veía a nadie, y los voluntariosos brazos colgaban inmóviles.

Eric se contaba entre los presentes. Su procedencia islandesa nunca fue tan palmaria como en aquella hora aciaga. Cogió una cuerda y gritó al oído del capitán de puerto:

—Bajaré a la roca que hay sobre la cueva de las focas. La marea está subiendo y puede haber arrastrado a alguien allí.

—¡Ni se te ocurra, muchacho! —fue la respuesta—. ¿Te has vuelto loco? Si pierdes pie en esa roca estás perdido. ¡Y nadie puede conservar el equilibrio en ese sitio de noche con esta tormenta!

—¡Nada de eso! Recuerda que Abel Behenna me salvó allí en una noche como esta, cuando mi barca chocó contra Gull Rock. Me sacó de las aguas profundas de la cueva de las focas, y ahora a alguien puede pasarle lo mismo que a mí.

Y diciendo esto se perdió entre la oscuridad. Los altos peñascos dejaban en sombras Flagstaff Rock, pero conocía bien el camino. Impulsado por su resolución y su paso firme, poco después se encontraba sobre la gran roca de cima redondeada, erosionada en su parte inferior por las olas, donde se abría la cueva de las focas, lugar en que el agua alcanzaba profundidades insondables. Disfrutaba allí de una relativa seguridad, dado que la forma cóncava de la roca repelía las olas y, pese a que bajo él el agua hervía como una marmita borboteante, un poco más allá había una zona casi en calma. La roca parecía aplacar asimismo el sonido de la galerna, y Eric aguzó el oído a la vez que escrutaba el agua. Mientras aguardaba dispuesto a lanzar la cuerda, le pareció oír por debajo de él, más allá de donde se arremolinaba el agua, un débil y desesperado grito. Respondió con una llamada que atravesó la noche. Esperó a continuación el destello de un rayo y cuando se produjo lanzó la cuerda hacia el punto de la oscuridad donde había visto asomar un rostro entre el torbellino de espuma. La cuerda fue apresada, pues notó un tirón, y volvió a gritar con su poderosa voz:

—¡Átala a la cintura! ¡Te sacaré de ahí!

Cuando sintió la cuerda asegurada, se desplazó a lo largo de la roca hasta el extremo de la cueva, donde las aguas estaban un poco más tranquilas y donde podía afianzarse mejor para tirar del hombre e izarlo. Empezó a jalar y pronto, por la cuerda que había cobrado, supo que el hombre debía de estar cerca de la cima de la roca. Hizo una breve pausa, aseguró los pies y respiró hondo; un esfuerzo más y concluiría el rescate. Justo cuando retomó la labor, un rayo permitió a los dos hombres verse entre sí: rescatador y rescatado.

Eric Sanson y Abel Behenna se hallaban frente a frente, y nadie al margen de ellos, y de Dios, sabía de su encuentro.

En ese instante una ola de cólera rompió contra el corazón de Eric. Todas sus esperanzas saltaron por los aires y en sus ojos brilló un odio digno de Caín. Al mismo tiempo que reconoció a Abel, vio la alegría de este al ver quién había ido en su auxilio, y eso avivó su odio. Dominado por la cólera, saltó atrás soltando la cuerda, que corrió entre sus manos. Al arrebato de odio siguió un impulso de su lado bueno, pero era demasiado tarde.

Sin llegar a comprender lo que había sucedido,

Abel, entorpecido por la cuerda que debería haber sido su salvación, cayó con un grito desesperado a las tinieblas del mar voraz.

Sintiendo que la locura y la maldición de Caín se cernían sobre él, Eric echó a correr sin prestar atención al peligro, deseando una única cosa: estar entre otras personas, cuyas voces silenciaran el grito que seguía oyendo. Cuando llegó a Flagstaff Rock los hombres lo rodearon y, a través del estruendo de la tormenta, oyó al capitán del puerto decir:

—¡Te creímos perdido cuando oímos gritar a alguien! ¡Qué pálido estás! ¿Y la cuerda? ¿La corriente había llevado a alguien a la cueva?

—No, a nadie —gritó él. Le resultaba imposible explicar que había abandonado a su viejo camarada, que lo había arrojado de vuelta al mar, y en el mismo sitio y en las mismas circunstancias en que su amigo le había salvado la vida. Confiaba en que una mentira contundente zanjara la cuestión para siempre. No había testigos, y si él tenía que vivir con el recuerdo de aquella cara pálida y aterrada y con el eco interminable de su grito desesperado, al menos nadie más lo sabría—. No, a nadie —repitió más alto—. Resbalé en la roca y la cuerda cayó al mar.

Les dio la espalda y se apresuró por el sendero en pendiente, hacia su *cottage*, donde se encerró.

Pasó el resto de esa noche tendido en la cama, vestido e inmóvil, con la mirada fija en el techo y viendo asomar entre la oscuridad una cara pálida, mojada y resplandeciente, acompañada de un grito que no cesaba.

Por la mañana la tormenta había amainado y

todo volvía a estar en calma, salvo el mar, alborotado por un resto de furia. La corriente arrastró al puerto grandes fragmentos del naufragio, y otros muchos flotaban alrededor del islote rocoso. También fueron a parar al puerto dos cadáveres, el del capitán del queche siniestrado y el de un marinero a quien nadie conocía.

Sarah no supo nada de Eric hasta el final de la tarde, y este solo se dejó ver un minuto. No entró en la casa sino que asomó la cabeza por la ventana abierta.

—¿Y bien, Sarah? —dijo en voz bien alta, aunque a Sarah el tono le pareció forzado—. ¿Está terminado el vestido de boda? El domingo en siete días, recuérdalo. ¡El domingo en siete días!

A Sarah le alegró que la reconciliación hubiera sido tan fácil, pero, con actitud muy femenina, ahora que había pasado la tormenta, así como el motivo de sus miedos, recayó en la ofensa.

—El domingo, que así sea —dijo sin levantar la mirada—, ¡si es que Abel no está aquí el sábado!

Lo miró con descaro, aunque temía otro arrebato por parte de su impetuoso amante. Pero ya no había nadie en la ventana; Eric se había ido, y con un mohín ella retomó el trabajo. No volvió a verlo hasta el sábado por la tarde, después de que las amonestaciones se leyeran por tercera vez, cuando él se le acercó delante de todos con una actitud de propietario que en parte la complació y en parte la molestó.

—¡Todavía no, señor mío! —dijo ella apartándolo, mientras las demás chicas soltaban risitas—. Espere hasta el próximo domingo, si no le importa. ¡El día siguiente al sábado! —dijo, mirándolo retadora.

Las chicas emitieron nuevas risitas y los chicos rompieron en carcajadas. Pensaban que el desaire era la razón por la que, cuando Eric dio media vuelta y se fue, estuviera blanco como una sábana. Pero Sarah, que lo conocía mejor, se rio, porque tras la expresión doliente de su rostro detectó un asomo de triunfo.

Transcurrió la semana sin incidentes; no obstante, a medida que el sábado se aproximaba Sarah experimentó algunos momentos de ansiedad, y en cuanto a Eric, pasaba las noches como un poseso. Se dominaba siempre que había alguien delante, pero de cuando en cuando se perdía entre las rocas y las cuevas para desahogarse a gritos. Eso lo aliviaba un poco y le ayudaba a seguir manteniendo el tipo durante un tiempo. Pasó todo el sábado sin salir de casa. Como iba a casarse al día siguiente, los vecinos pensaron que se debía a la timidez, y nadie lo molestó. Solo recibió una visita, la de un oficial de los guardacostas, que se presentó en su casa, tomó asiento y, al cabo de una pausa, dijo:

—Eric, ayer fui a Bristol. Estuve donde el cordelero, comprando una cuerda para reemplazar la que perdiste en la tormenta, y me encontré con Michael Heavens, un comerciante de allí. Me dijo que Abel Behenna había llegado la semana anterior a bordo del *Star of the Sea*, procedente de Cantón, y que había hecho un depósito en el Banco de Bristol a nombre de Sarah Behenna. Él mismo le dijo a Michael que tenía un pasaje en el *Lovely Alice* para venir a Pencastle. Ánimo, muchacho —añadió, pues Eric, con un gruñido, se había llevado las manos a la cara y apoyado la frente en las rodillas—. Era amigo tuyo, lo sé, pero no pudiste hacer nada por ayudarlo. Debió de hundirse con los demás aquella noche horrible. Pensé que debía decírtelo, antes de que te enteraras de otro modo, y para que puedas evitar que Sarah Trefusis se asuste. Eran buenos amigos, y las mujeres se toman estas cosas muy a pecho. No tiene sentido entristecerla con una noticia así el día de su boda.

Se levantó y se fue, dejando a Eric con la cabeza apoyada desconsoladamente en las rodillas.

—Pobre hombre —murmuró para sí el oficial—. Se lo ha tomado a pecho. Bueno, es normal. Fueron muy amigos, y Abel le salvó la vida.

Ese mismo día, por la tarde, cuando los niños salieron del colegio se dispersaron jugando por los diques y los caminos de los acantilados. Poco después un grupo de ellos fue corriendo, presa de una gran excitación, al puerto, donde unos pocos hombres descargaban un queche carbonero bajo la supervisión de muchos otros.

—¡Hay una marsopa en la bocana! —dijo uno de los niños—. ¡La vimos a través del bufón! ¡Tenía una cola muy larga y nadaba muy profundo!

—No era ninguna marsopa —dijo otro—. Era una foca, pero sí que tenía la cola larga. Asomaba por la cueva de las focas.

Los demás niños aportaron versiones diferentes, pero todas coincidían en dos aspectos: fuera aquello lo que fuera, lo habían visto por el bufón, nadando a gran profundidad, y tenía una cola larga y delgada, tan larga que no llegaron a ver el extremo. Los hombres no ahorraron chanzas crueles a los niños, pero como estaba claro que habían visto algo, un buen número de personas, jóvenes y viejos, hombres y mujeres, subieron por los caminos hacia los acantilados a ambos costados de la bocana para ver aquella nueva incorporación a la fauna marina: una marsopa o foca de cola larga. La marea estaba subiendo. Había un poco de brisa y la superficie del agua estaba rizada, así que solo durante breves momentos podía verse lo que había debajo. Al cabo de un rato una mujer gritó que había visto algo moviéndose canal arriba, justo debajo de donde ella estaba. La gente corrió en estampida hacia allí, pero para cuando se congregaron en el sitio la brisa se había levantado y era imposible distinguir nada debajo del agua. En respuesta a las preguntas de todos, la mujer contó lo que había visto, pero de manera tan incoherente que acabaron atribuyéndolo a su imaginación; si no hubiera sido por lo que habían contado los niños, no se le habría concedido crédito alguno. Su medio histérica afirmación de que lo que había visto parecía «un cerdo con las entrañas fuera» solo significó algo para un viejo guardacostas, que meneó la cabeza pero no hizo ningún comentario. Aquel hombre se quedó hasta el anochecer en la orilla, con la mirada fija en el agua y expresión consternada.

Eric se levantó temprano a la mañana siguiente. No había dormido en toda la noche y la llegada del día fue un alivio para él. Se afeitó sin que le temblara la mano y se puso el traje de boda. Estaba ojeroso y parecía haber envejecido varios años en los últimos días. Aun así, en sus ojos había un brillo, inquieto y feroz, de triunfo, y no dejaba de musitar para sí, una y otra vez:

—¡Es el día de mi boda! Abel ya no puede reclamarla... ¡ni vivo ni muerto! ¡Ni vivo ni muerto! ¡Ni vivo ni muerto!

Se sentó en un sillón a esperar con una serenidad asombrosa la hora de ir a la iglesia. Cuando sonó la campana, se levantó, salió de casa y cerró la puerta. Echó un vistazo al río y vio que la marea estaba bajando. En la iglesia se sentó con Sarah y la madre de esta, agarrando con fuerza la mano de la chica, como si temiera perderla. Una vez concluido el oficio, los dos se pusieron en pie al unísono y contrajeron matrimonio en presencia de toda la congregación, pues nadie abandonó la iglesia. Ambos respondieron con claridad; Eric incluso con cierto tono retador. Terminada la boda, Sarah tomó a su esposo del brazo y salieron juntos, seguidos por los niños, algunos de los cuales recibieron coscorrones de sus mayores para que se comportaran y no agobiaran a los recién casados.

El camino de la iglesia pasaba por la parte trasera del *cottage* de Eric, donde se abría un estrecho corredor entre la casa de este y la de su vecino. Cuando la pareja pasó por allí, el resto de la congregación, que los había seguido a poca distancia, fue sorprendido por un grito agudo y prolongado de la novia. Se apelotonaron pasando por el corredor y la encontraron en la orilla, con mirada enloquecida, señalando un punto de la orilla, justo ante la puerta de Eric Sanson.

La marea, al bajar, había depositado allí el cuerpo de Abel Behenna, sobre el lecho de rocas. La cuerda atada a su cintura se había enredado en el poste de amarre y lo había retenido mientras descendía la marea. El codo derecho había quedado encajado en un canal entre rocas, de manera que la mano se hallaba extendida hacia Sarah, con los dedos pálidos y goteantes, y con la palma hacia arriba como a la espera de estrechar la de la chica.

Sarah Sanson nunca tuvo claro lo que sucedió a continuación. Siempre que trataba de recordarlo, un zumbido asomaba a sus oídos y la vista se le oscurecía, sin permitirle ver nada. Lo único que alcanzaba a recordar —y de lo que nunca se olvidó— fue de los jadeos de Eric, y de su rostro, más pálido que el del mismo cadáver, mientras musitaba:

—¡La ayuda del diablo! ¡La confianza del diablo! ¡El precio del diablo!

La *squaw*

Por aquel entonces Núremberg no era una ciudad tan turística como lo es hoy. Irving todavía no había interpretado *Fausto* y a la mayoría de los turistas ni siquiera le sonaba el nombre de la ciudad. Estando mi mujer y yo en la segunda semana de nuestra luna de miel, era natural que quisiéramos que alguien más se uniera a nuestro viaje, así que cuando un divertido extranjero, Elias P. Hutcheson, natural de Isthmian City, Bleeding Gulch, en el condado de Maple Tree, Nebraska, apareció en la estación de Fráncfort y comentó casualmente que planeaba visitar la ciudad más castigada y antigua de Europa, y que le parecía que tanto viajar solo podía hacer que hasta la persona más inteligente y en sus cabales acabara en el pabellón para melancólicos de un manicomio, captamos la insinuación y le propusimos unir nuestras fuerzas. Descubrimos mi mujer y yo, al contrastar más tarde nuestros recuerdos, que ambos habíamos pretendido hablar con reticencia o duda para no parecer ansiosos, pues en caso de dar esta impresión no estaríamos haciendo ningún cumplido a nuestro matrimonio; pero arruinamos nuestro propósito cuando nos lanzamos a hablar atropelladamente y a la vez, nos callamos y volvimos a empezar al mismo tiempo. En cualquier caso, no tuvo importancia, lo conseguimos: Elias P. Hutcheson se sumó a nuestro viaje. Amelia y yo disfrutamos de un beneficio inmediato; en lugar de discutir, como habíamos venido haciendo, descubrimos que la presencia de un tercer miembro en el grupo ejercía tal efecto moderador que aprovechamos la menor oportunidad para besuquearnos en los rincones. Amelia afirma que, a resultas de aquella experiencia, desde entonces recomienda a todas a sus amigas llevarse a un amigo a la luna de miel. En fin, «hicimos» Núremberg los tres juntos y disfrutamos mucho con los comentarios picantes de nuestro amigo del otro lado del Atlántico, quien, con su pintoresca manera de hablar y su asombroso historial de aventuras, parecía salido de una novela. Entre todos los puntos de interés de la ciudad, dejamos para el final el Burgo, y el día elegido para la visita paseamos por el lado oriental de la muralla exterior del casco antiguo.

El Burgo se halla emplazado sobre una gran masa rocosa, dominando la ciudad, y un foso de gran profundidad lo guarda por el flanco norte. Núremberg se congratula de no haber sido nunca saqueada; de haberlo sido no tendría un aspecto tan impecable como el que conserva hoy en día. Hacía siglos que el foso no se utilizaba, y su base estaba tomada por cafés al aire libre y huertos, en algunos de los cuales crecían árboles de tamaño considerable. Mientras deambulábamos alrededor de la muralla, coqueteando bajo el cálido sol de julio, nos deteníamos a menudo para admirar las vistas que se extendían ante nosotros, y en especial la gran llanura cubierta de pueblos y aldeas y bordeada por una línea azul de colinas, como un paisaje de Claude Lorrain. A continuación volvíamos los ojos con agrado a la ciudad, con su miríada de pintorescos y antiguos gabletes y las hileras e hileras de amplios tejados rojos salpicados de buhardillas. Un poco a nuestra derecha se alzaban las torres del Burgo, y más cerca, la lúgubre Torre de Torturas, la cual era, y puede que siga siéndolo, el punto de mayor interés de la ciudad. Durante siglos, el uso de la Virgen de Hierro de Núremberg ha sido ejemplo de la horrorosa crueldad de la que es capaz el hombre; llevábamos mucho tiempo anhelando verla y por fin teníamos delante su morada.

En una de nuestras paradas nos inclinamos sobre el murete del foso para mirar abajo. El jardín se hallaba a unos buenos veinte metros de nosotros, y el sol caía sobre él caldeándolo con un calor tan intenso y estático como el de un horno. Junto a él se elevaba la muralla gris y sombría hasta una altura en apariencia infinita, y a derecha e izquierda se plegaba en los ángulos del bastión y la contraescarpa. Árboles y arbustos coronaban la muralla, y más allá asomaban unas tras otras las nobles casas a las que el tiempo había bendecido con su aprobación. El sol calentaba mucho y estábamos perezosos; éramos dueños de nuestro tiempo y nos demorábamos cuanto queríamos, apoyados en el murete. Justo debajo de nosotros se desarrollaba una bonita escena: una gran gata negra se encontraba tendida al sol, mientras a su alrededor retozaba graciosamente un gatito negro. La madre movía la cola para que su cría jugara con ella, o alzaba las patas y apartaba al pequeño para azuzarlo a nuevos juegos. Estaban al pie mismo de la muralla, y Elias P. Hutcheson, para animar el juego, se agachó y cogió del camino un guijarro de buen tamaño.

—¡Miren! —dijo—. Lo dejaré caer junto al gatito y los dos se preguntarán de dónde ha venido.

—Tenga cuidado —dijo mi mujer—. Podría dar a la cría.

—Eso nunca, señora —dijo Elias P.—. Soy tan pacífico como un cerezo de Maine. Bendito sea el Señor. Antes le cortaría la cabellera a un bebé que hacerle daño a esa pobre criatura. ¡Puede usted apostar sus medias de colores! Mire, la dejaré caer bien lejos de ellos.

Se asomó sobre el murete y, con el brazo extendido, dejó caer la piedra. Puede que fuera porque existe una fuerza irresistible que transforma las cuestiones sin importancia en graves, o, más probablemente, porque el muro no era del todo vertical sino que se inclinaba en la base —sin que nosotros pudiéramos apreciarlo desde arriba—, pero, con un desagradable ruido blando que llegó hasta nosotros a través del aire caliente, la piedra cayó directamente sobre la cabeza del gatito, salpicando sus sesos por doquier. La gata negra lanzó una rápida mirada hacia arriba y vimos sus ojos, en los que ardía un fuego verde, fijarse un instante en Elias P. Hutcheson; seguidamente devolvió la atención a su cría, que yacía inmóvil salvo por un temblequeo en sus patitas, mientras que un hilo de sangre serpenteaba desde la cabeza abierta. Con un grito sofocado, como el que podría emitir un ser humano, la gata se inclinó sobre su cachorro y le lamió las heridas sin dejar de gemir. Pareció advertir de pronto que estaba muerto, y una vez más alzó la vista hacia nosotros. Nunca lo olvidaré, pues aquel animal parecía la mismísima encarnación del odio. Los verdes ojos le refulgían, y los dientes, blancos y afilados, parecían brillar entre la sangre que le manchaba la piel y los bigotes. Nos mostró los dientes y las uñas asomaron en toda su extensión en cada pata. A continuación se lanzó muro arriba en un intento desesperado por alcanzarnos, pero cuando se agotó su impulso cayó, lo que aún empeoró su ya horrible apariencia, pues fue a caer justo encima de la cría muerta, de donde se levantó con pegotes de sangre y sesos en la piel. Amelia a punto estuvo de desmayarse y yo hube de apartarla del muro. Había un banco cerca, a la sombra de un plátano, y la acomodé allí mientras se recomponía. Volví junto a Hutcheson, que permanecía inmóvil, mirando a la gata furiosa. Cuando estuve a su lado, él dijo:

—Vaya, creo que es la bestia más salvaje que he visto nunca, salvo aquella vez en que una *squaw* apache se empecinó en dar con un mestizo al que apodaban Astillas, después de que este le robara a su *papoose* durante una incursión a su poblado, como venganza por la muerte de su madre, a la que los indios habían torturado en la hoguera. Se le quedó fijada una mirada penetrante, como si siempre hubiera estado allí. Siguió el rastro a Astillas durante más de tres años, hasta que los bravos lo cogieron y se lo entregaron. Luego dijeron que nadie, ni blanco ni *injun*, había padecido una tortura más larga a manos de los apaches. La única vez que la vi sonreír fue cuando la liquidé. Llegué al campamento justo a tiempo de ver a Astillas pasar a mejor vida, cosa que no lamentó. Era un tipo duro, y aunque yo no quise volver a tratar con él después de lo del *papoose*, porque aquello fue cosa fea, y porque se tendría que haber comportado como el hombre blanco que parecía ser, lo pagó con creces. Piense usted lo que quiera, pero cogí un trozo de la piel que le habían arrancado e hice fabricar con ella una cartera. ¡Aquí la llevo! —dijo dando una palmada al bolsillo del pecho de su chaqueta.

Mientras él hablaba, la gata insistía en sus frenéticos esfuerzos por trepar el muro. Retrocedía para cobrar carrerilla y se lanzaba hacia arriba, alcanzando a veces una altura increíble. No parecía importarle la dura caída que sufría cada vez sino que volvía a intentarlo con vigor renovado; y con cada golpe su aspecto se hacía más horrible. Hutcheson era un hombre de buen corazón —mi mujer y yo habíamos sido testigos de pequeñas muestras de bondad por su parte dirigidas tanto a animales como a personas— y parecía preocupado por la furia que embargaba a la gata.

—No cabe duda de que esa pobre bestia está desesperada —dijo—. Lo siento, lo siento, pobre animal, fue un accidente, aunque eso no te devolverá a tu cría. Lo juro. No lo habría hecho a propósito ni por un millar de dólares. Esto solo demuestra lo torpe y necio que puede llegar a ser alguien cuando no pretende más que divertirse. Parece que soy tan inútil que no puedo ni jugar con un gato. Dígame, coronel —era divertida su forma de conferir títulos gratuitamente—, espero que su esposa no me guarde rencor por este desagradable accidente. De ningún modo era mi intención que ocurriera.

Fue junto a Amelia y se deshizo en disculpas, y ella, con su amabilidad de costumbre, se apresuró a asegurarle que comprendía que había sido un accidente. Después todos volvimos junto al muro y miramos hacia abajo.

Habiendo perdido de vista a Hutcheson, la gata había retrocedido por el foso y estaba sentada sobre las ancas, si bien dispuesta a saltar. De hecho, brincó en cuanto lo vio, con una furia ciega e irracional que habría resultado grotesca de no ser tan real. No intentó trepar el muro sino que sencillamente se lanzó hacia arriba, donde estaba él, como si el enfado y la rabia pudieran prestarle alas que le permitieran salvar la distancia que los separaba. Amelia, de un modo muy femenino, se preocupó y dijo a Elias P. en tono admonitorio:

—Debe usted tener mucho cuidado. Si ese animal estuviera aquí trataría de matarlo. Tiene una mirada asesina.

Él se rio jovialmente.

—Disculpe, señora, pero no puedo evitar reírme. Alguien que ha luchado contra osos pardos e *injuns* no puede temer que lo mate un gato.

Cuando el felino lo oyó reír, su actitud cambió. Ya no intentó trepar el muro, sino que se quedó inmóvil; luego volvió a sentarse junto a la cría muerta y se puso a lamerla y acariciarla como si siguiera viva.

—¡Fijaos! —dije—. Ese es el efecto de un hombre fuerte. Incluso un animal presa de la rabia reconoce la voz de su señor y se inclina ante él.

—¡Como la *squaw*! —fue el único comentario de Elias P. Hutcheson cuando retomamos nuestro camino a lo largo del foso.

De cuando en cuando echábamos un vistazo sobre el muro y siempre nos encontrábamos con que la gata nos venía siguiendo. Al principio se alejaba de la cría muerta y luego volvía junto a ella, pero cuando nos alejamos más, la tomó en la boca para seguirnos. Al cabo de un rato, no obstante, vimos que nos seguía ella sola; había escondido el cuerpo en alguna parte. La persistencia de la gata hizo crecer la inquietud de Amelia, que varias veces repitió su advertencia, pero el estadounidense siempre respondía riéndose divertido, hasta que al final, viendo que ella estaba de veras preocupada, dijo:

—Le aseguro, señora, que no debe tener miedo de ese gato. Voy bien preparado. —Dio unas palmaditas a la pequeña pistola que llevaba oculta en la parte trasera de la cintura—. Si de veras está usted preocupada, le pego un tiro al animal, sin pensarlo, a riesgo de buscarme problemas con la policía por llevar un arma en contra de las normas. —Mientras hablaba, se inclinó sobre el muro, pero en cuanto lo vio la gata, esta retrocedió y se escondió en un parterre de flores altas—. Diría yo que ese bicho tiene más sentido común que la mayoría de cristianos. Me parece que no volveremos a verla. Seguro que volverá junto al gatito muerto y celebrará un funeral privado.

Amelia prefirió no decir más, no fuera que él, en una mal entendida muestra de generosidad, cumpliera su amenaza de disparar al gato. Seguimos adelante y atravesamos un pequeño puente de madera, del que partía un camino adoquinado y de acusada pendiente que unía el Burgo y la pentagonal Torre de Torturas. Mientras cruzábamos el puente volvimos a ver a la gata abajo. Cuando nos vio, su furia retornó, e hizo esfuerzos frenéticos por salvar la empinada pared. Hutcheson se rio y dijo:

—Adiós, chica. Siento haber herido tus sentimientos, pero lo superarás con el tiempo. Adiós.

Atravesamos a continuación un largo y oscuro pasaje abovedado y llegamos a la entrada del Burgo.

Cuando volvimos a salir tras nuestra visita a aquel bello y antiguo emplazamiento, que ni siquiera los bienintencionados esfuerzos de los restauradores góticos de hacía cuarenta años habían conseguido arruinar —aunque su labor era bien patente— casi habíamos olvidado el desagradable episodio de aquella mañana. El viejo limero de nudoso tronco con casi nueve siglos de antigüedad, el profundo pozo excavado en piedra viva por prisioneros y la encantadora vista desde la muralla de la ciudad habían borrado de nuestras mentes el incidente del gatito muerto.

Fuimos los únicos visitantes de la Torre de Torturas aquella mañana, o al menos eso nos dijo el viejo guardés, y al tener el lugar para nosotros solos disfrutamos de una visita más detallada y satisfactoria de lo que habría sido posible en otro caso. El guardés, viéndonos como su única fuente de ganancias del día, estaba deseoso de satisfacer todos nuestros caprichos. La Torre de Torturas es un sitio muy lúgubre, incluso hoy en día, pese al torrente de vida aportado por los miles de visitantes y la alegría que conlleva; pero en la época de la que hablo conservaba toda su fealdad y espanto. El polvo de siglos cubría las superficies, y la oscuridad y los horribles recuerdos que albergaba eran perceptibles de un modo que habría satisfecho las almas panteístas de Filón o Spinoza. La cámara inferior, por donde entramos, se hallaba tomada por una oscuridad palpable, y la luz del sol que se coló por la puerta pareció desintegrarse contra los gruesos muros, mostrando apenas un atisbo de la cantería, en el mismo estado que cuando los constructores retiraron los andamios, salvo que tapizada de polvo y salpicada aquí y allí de unas manchas oscuras que, en caso de poder hablar, narrarían historias de pánico y suplicio. Nos alegramos de subir la polvorienta escalera de madera, mientras que el guardés mantenía abierta la puerta para proporcionarnos un poco de luz, ya que la vela vieja y maloliente que ardía en un candelero del muro era menos que insuficiente para nosotros. Cuando atravesamos la trampilla que conducía a un rincón de la cámara superior, Amelia se pegó a mí con tanta fuerza que sentí los latidos de su corazón. Debo reconocer que no me extrañó que tuviera miedo, ya que aquella estancia era incluso más espantosa que la de abajo. Había más luz, pero apenas la suficiente para apreciar el horrible contenido del lugar. Saltaba a la vista la intención de los constructores de la torre de que solo aquellos que llegaran a su cima pudieran disfrutar de luz y vistas. Allí arriba, como habíamos visto desde fuera, había filas de ventanas, si bien de pequeñez medieval, mientras que el resto de la torre solo contaba con las estrechísimas saeteras características de las instalaciones defensivas del medievo. Unas pocas aberturas iluminaban la estancia, aunque situadas a tal altura que desde ningún sitio alcanzaba a verse el cielo. Dispuestas en bancos, o apoyadas en desorden contra los muros, había gran cantidad de espadas de cacique, enormes mandobles de hoja ancha y muy afilados. Junto a ellas se encontraban los tajos de madera donde antaño se apoyaban los cuellos de las víctimas, bloques heridos por mellas, allá donde el acero había atravesado la carne hasta morder la madera. Alrededor de la estancia, dejados de cualquier modo, había numerosos instrumentos de tortura, cuya visión hacía que el corazón se te encogiera: sillas erizadas de púas que causaban un dolor instantáneo e intolerable; sillas y sillones provistos de salientes romos y que, en apariencia, provocaban una tortura menor, aunque en realidad eran igual de eficaces, salvo que más lentos; potros, cinturones, botas, collarines, todos diseñados para ejercer presión a voluntad; cestas de acero dentro de las que podía comprimirse una cabeza, en caso de necesidad, hasta reducirla a pulpa; armas para vigilantes, provistas de un mango largo y una hoja curva y afilada en el extremo para infligir cortes a distancia, método habitual de la antigua policía de Núremberg; y muchos, muchos otros instrumentos concebidos para que el hombre inflija daño a sus semejantes. Amelia empalideció ante semejante desfile de horrores pero no llegó a desmayarse, ya que cuando se empezó a marear buscó asiento en una silla de tortura de la que al instante se levantó con un chillido, perdida toda intención de perder el conocimiento. Hicimos parecer, ella y yo, que había sido el temor a que el polvo de la silla manchase el vestido, o a que las púas oxidadas lo dañaran, lo que la había hecho gritar, y el señor Hutcheson dio por buena la explicación con una risa generosa.

Pero la pieza principal de la cámara de los horrores era el artilugio conocido como la Virgen de Hierro, que ocupaba el centro de la sala. Tenía una tosca silueta femenina, de estilo acampanado, o, por hacer una comparación más cercana, como la silueta de la señora Noé en el arca, salvo que sin la cintura esbelta y la perfecta *rondeur* de caderas características de las representaciones de la familia de Noé. Podría haberse pasado por alto que pretendía reproducir una figura humana si quien la fabricó no la hubiera dotado en la parte delantera de un rudimentario rostro femenino. El exterior del artefacto estaba cubierto de óxido, y este a su vez de polvo; había una cuerda atada a una anilla en la parte frontal, situada aproximadamente donde debería estar la cintura, y la cuerda pasaba por una polea fijada al pilar de madera que sustentaba la solería superior. Al tirar de la cuerda, el guardés alzó el frontal y vimos que el artilugio se componía de dos piezas, unidas mediante bisagras laterales a semejanza de una puerta; vimos asimismo que era de un grosor considerable, disponiendo en su interior de apenas el espacio justo para alojar a una persona. La puerta tenía el mismo grosor y pesaba mucho, pues, pese a la ayuda de la polea, el guardés necesitó de todas sus fuerzas para levantarla. Una razón para que pesara tanto era que la puerta estaba diseñada para que no llegara a abrirse del todo, y así pudiera cerrarse por su propio peso en cuanto se soltara la cuerda. El interior estaba corroído por la herrumbre; pero no, no podía ser. La herrumbre fruto del tiempo no podría haber devorado en semejante medida, tan profundamente, las paredes de hierro. Solo cuando nos acercamos a examinar el lado interior de la puerta nos quedó manifiesta su intención. Había allí varias púas, robustas y de sección cuadrada, anchas en la base y afiladas en la punta, ubicadas de modo que, cuando la puerta se cerrase, las superiores perforaran los ojos de la víctima, y las inferiores el corazón y otros órganos vitales. La imagen fue excesiva para la pobre Amelia, y esta vez sí cayó desmayada, y hube de llevarla escaleras abajo y acomodarla en un banco de fuera para que se recuperara. La profundidad de la impresión sufrida quedó más delante de manifiesto por el hecho de que, aún hoy, mi hijo mayor sigue teniendo una fea mancha de nacimiento en el pecho, con la forma, como toda la familia coincide, de la Virgen de Núremberg.

Cuando regresamos por fin a la sala encontramos a Hutcheson inmóvil frente a la Virgen de Hierro; saltaba a la vista que había estado filosofando, y compartió con nosotros sus conclusiones en forma de un breve exordio.

—Bueno, pues me parece que algo he aprendido aquí mientras la señora se recuperaba de su vahído. Creo que estamos muy atrasados a nuestro lado del charco. Pensábamos en las llanuras que los *injuns* podían enseñarnos alguna que otra cosa a la hora de hacérselo pasar mal a la gente, pero me temo que sus agentes de la ley y el orden medievales los derrotarían incluso con una mano atada a la espalda. Astillas se lo hizo pasar mal a la *squaw*, pero esta señorita que tenemos aquí le saca mucha ventaja a la hora de hacer sufrir al personal. Esas puntas siguen afiladas, aunque los extremos están carcomidos por lo que sea que las ensucie. Nuestra sección india haría bien en conseguir algunos juguetitos como este y repartirlos por las reservas para hacer entrar en vereda a los bravos, y también las *squaws*, y enseñarles que la civilización del viejo continente les lleva ventaja hasta en la que es especialidad. Me parece que voy a meterme en esta caja para ver qué se siente.

—¡No, no! —dijo Amelia—. ¡Es espantosa!

—Señora, no hay nada demasiado espantoso para un espíritu explorador. En mis tiempos estuve en algunos sitios de lo más raro. En el territorio de Montana pasé una noche entera dentro de un caballo muerto mientras la pradera ardía a mi alrededor, y dormí dentro del cadáver de un búfalo una vez que los comanches estaban en pie de guerra y no me apetecía cruzarme con ellos. Pasé dos días en un túnel de la mina de oro Bronco Billy en Nuevo

México y fui uno de los cuatro que quedaron encerrados las tres cuartas partes de un día en una cápsula sumergible que escoró mientras plantábamos los cimientos del puente Búfalo. No he dado la espalda a ninguna vivencia extraña, ¡y no pienso empezar ahora!

Comprendimos que estaba decidido a realizar el experimento.

—Bueno, dese prisa, amigo —dije—, y acabemos pronto con esto.

—Muy bien, general —dijo él—, pero creo que no estamos listos todavía. Los caballeros que me precedieron, los que estuvieron dentro de esa lata, no se ofrecieron voluntarios, ¡ni mucho menos! Así que imagino que habría algún ritual de inmovilización antes del gran final. Quiero hacer las cosas bien, así que antes me tienen que atar. Estoy seguro de que este buen amigo tiene alguna cuerda por ahí con la que me podrá inmovilizar como se tenía por costumbre.

Estas últimas palabras fueron dirigidas en tono de interrogación al viejo guardés, pero este, que comprendió grosso modo el discurso de nuestro compañero, aunque seguramente sin captar todas las particularidades dialectales y metafóricas, dijo que no con la cabeza. Su negativa, no obstante, fue solo de carácter formal, y efectuada para ser vencida. El estadounidense le plantó una moneda de oro en la mano diciendo:

—¡Aquí tienes, muchacho! ¡Te llevas un buen pellizco, así que no te andes con remilgos! ¡No te pido nada demasiado estiloso!

El guardés encontró una cuerda delgada y deshilachada y procedió a maniatar a nuestro acompañante con toda la rigurosidad que exigía el fin. Una vez que tuvo las manos inmovilizadas, Hutcheson dijo:

—Espere usted un momento, juez. Me temo que peso demasiado para que cargue conmigo y me meta en esa lata. Deje que yo me meta dentro y luego termine usted de atarme las piernas.

Mientras hablaba se introdujo de espaldas en la cavidad, que era apenas lo bastante amplia como para acogerlo. Entró muy justo; el artefacto estaba bien diseñado. Amelia lo miraba asustada pero se contenía de decir nada. El guardés concluyó la labor atando los pies del estadounidense, de manera que este quedó completamente indefenso y encajado en su prisión voluntaria. Nuestro acompañante estaba disfrutando de veras, y su siempre incipiente sonrisa se ensanchó al decir:

—Me parece a mí que a esta Eva la crearon a partir de la costilla de un enano. Apenas hay sitio dentro para un ciudadano de los Estados Unidos adulto. Los ataúdes que hacemos en el territorio de Idaho son más espaciosos. Y ahora, juez, empiece a cerrar la puerta despacio. Quiero sentir el mismo placer que los condenados cuando esas púas se les acercaban a los ojos.

—¡No, no, no! —estalló Amelia, histérica—. ¡Es demasiado horrible! ¡No puedo verlo! ¡No puedo!

Pero el estadounidense era terco.

—Coronel —me dijo—, ¿por qué no lleva a la señora a dar un paseíto? No quisiera yo herir sus sentimientos por nada del mundo, pero ya que he llegado aquí, al cabo de casi trece mil kilómetros, no me gustaría tener que renunciar a la experiencia por la que tanto he esperado y por la que acabo de pagar. Un hombre no tiene muchas oportunidades para sentirse como una sardina enlatada. El juez y yo acabaremos enseguida y luego ustedes podrán volver y todos nos reiremos.

Una vez más, triunfó el convencimiento nacido de la curiosidad, y Amelia me aferró el brazo, temblorosa, mientras el guardés empezaba a largar lentamente, centímetro a centímetro, la cuerda que sostenía la puerta de hierro. Hutcheson estaba entusiasmado, no despegaba los ojos de las púas que se acercaban a él.

—¡Vaya! —dijo—. Me parece que no me lo había pasado tan bien desde que salí de Nueva York. Menos por una pelea con un marinero francés en Wapping, y aquello no fue precisamente gran cosa, no he tenido ni un buen momento en este podrido continente, donde no hay osos ni indios y los hombres no van armados. ¡Más despacio, juez! ¡No te des prisa! ¡Quiero un buen espectáculo a cambio de mi dinero!

Por las venas del guardés debía de correr la misma sangre que por las de quienes lo precedieron en aquella torre escalofriante, porque manejaba el artefacto con una parsimonia tan premeditada e insoportable que al cabo de cinco minutos la puerta apenas se había cerrado unos centímetros; aquella lentitud afectó a Amelia. Vi cómo los labios se le ponían blancos y sentí que cargaba el peso de su cuerpo

117

sobre mi brazo. Eché un rápido vistazo alrededor en busca de un sitio donde pudiera sentarse, y cuando volví a mirarla me encontré con que tenía la vista clavada en un lateral de la Virgen. Siguiendo la dirección de su mirada descubrí a la gata agazapada en la media luz. Los ojos verdes brillaban como linternas en la penumbra del lugar, y su color se veía realzado por la sangre que aún le manchaba la piel y la boca.

—¡La gata! ¡Cuidado con la gata! —exclamé cuando el felino se plantó de un salto frente al artilugio.

Parecía un demonio triunfante. Los ojos le resplandecían de furia, el pelaje erizado la hacía parecer del doble de su tamaño y oscilaba la cola igual que el tigre frente a su presa. A Elias P. Hutcheson le hizo gracia verla, y dijo alegremente:

—¡Maldita sea! ¡Pero si la *squaw* se ha puesto sus pinturas de guerra! Libraos de ella si intenta algún truco, porque aquí el jefe me ha atado tan bien que si el animal trata de sacarme los ojos yo no podré hacer nada. ¡Tranquilo, juez! ¡No sueltes la cuerda o estoy vendido!

Amelia terminó por desmayarse y yo hube de sostenerla por la cintura para que no se desplomara en el suelo. Mientras me ocupaba de ella vi que la gata se disponía a saltar y me abalancé a espantarla.

Pero, con un aullido diabólico, se lanzó, no como esperábamos sobre Hutcheson, sino directa a la cara del guardés. Las uñas le asomaban, tan amenazadoras como las de los dragones rampantes de los dibujos chinos, y pude ver cómo una se hundía en uno de los ojos del pobre hombre y lo desgarraba, y continuaba cortando mejilla abajo, abriendo un ancho surco rojo del que manó la sangre como si allí convergieran todas las venas del cuerpo.

Con un grito de pánico previo incluso a la aparición del dolor, el hombre retrocedió de un salto, soltando la cuerda que sujetaba la puerta de hierro. Me lancé a por ella, pero demasiado tarde; la cuerda corrió como un rayo por la garganta de la polea, y la pesada puerta cayó por su propio peso.

Antes de que se cerrara tuve un último atisbo de nuestro pobre acompañante. Parecía petrificado de terror. Tenía la mirada fija, presa de una angustia horrible, y ningún sonido salía de su boca. Y las púas cumplieron su cometido. Al menos su final fue rápido; cuando tiré de la puerta para abrirla vi que se habían quedado trabadas en el cráneo después de atravesarlo y, al levantarse, alzaron con ellas el cuerpo, extrayéndolo de la prisión de hierro, tras lo que cayó al suelo cuan largo era con un desagradable sonido blando y el rostro hacia arriba.

Corrí junto a mi mujer, la levanté y la saqué de allí, temiendo por su cordura en caso de que despertara y se encontrara con semejante escena. La tendí en un banco del exterior y corrí de regreso adentro. Apoyado contra la columna de madera, el guardés gemía de dolor y sostenía un pañuelo ensangrentado contra los ojos. Y sentada sobre la cabeza del pobre estadounidense se hallaba la gata, ronroneando mientras lamía la sangre que brotaba de las laceradas cuencas de los ojos.

Supongo que nadie me acusará de crueldad por haber empuñado uno de los viejos mandobles y cortado al animal en dos.

El invitado de Drácula

Al empezar nuestro paseo el sol brillaba en Múnich y se respiraba en el aire la alegría propia del inicio del verano. Cuando estábamos a punto de partir, herr Delbrück (el *maître d'hotel* del Quatre Saisons, donde yo me alojaba) se acercó, con la cabeza descubierta, al carruaje y, después de desearme un paseo agradable, dijo al cochero, sin soltar todavía la manilla de la puerta:

—Recuerde estar de regreso antes de medianoche. El cielo parece despejado pero en el viento del norte hay un frescor que quizá sea aviso de una tormenta repentina. Aunque estoy seguro de que no volverá usted tarde. —Dicho esto, sonrió y añadió—: Ya sabe qué noche es hoy.

Johann respondió con un enfático: «*Ja, mein Herr*», y tocándose el sombrero, se puso en marcha con rapidez. Cuando dejamos atrás la ciudad le dije, tras hacerle una seña para que se detuviera:

—Dígame, Johann: ¿qué noche es hoy?

Se santiguó mientras respondía lacónicamente:

—*Walpurgis-Nacht.*

A continuación sacó su reloj, un anticuado artefacto alemán grande como un nabo, y lo miró juntando las cejas y con un breve e impaciente encogimiento de hombros. Me di cuenta de que era su modo de protestar respetuosamente por aquel retraso innecesario, así que volví a meterme en el carruaje haciéndole un gesto para que prosiguiera. Se puso en marcha rápidamente, como si deseara recuperar el tiempo perdido. De cuando en cuando los caballos erguían la cabeza y olfateaban con sospecha el aire. En tales ocasiones yo miraba alarmado a mi alrededor. La carretera era desolada, pues atravesábamos una suerte de meseta alta y azotada por el viento. Mientras avanzábamos alcancé a ver un camino con aspecto de estar poco transitado y que penetraba en un valle pequeño y ventoso. Resultaba tan invitador que, a riesgo de molestarlo, pedí a Johann que parara, y cuando hubo tirado de las riendas le dije que me gustaría seguir por aquel camino. Presentó toda clase de excusas y se santiguó varias veces mientras hablaba. Esto me picó la curiosidad y le hice algunas preguntas. Respondió con evasivas, sin dejar de consultar su reloj a modo de protesta. Finalmente dije:

—Johann, quiero ir por ese camino. No le obligaré si de veras no quiere, pero dígame por qué no le gusta, es todo lo que le pido.

Antes de responder nada, pareció arrojarse del pescante, de tan rápido como bajó al suelo. Me tendió las manos en gesto implorante y me suplicó no ir por allí. Había entre su alemán el inglés justo intercalado para que yo siguiera el rumbo de su discurso. Parecía siempre a punto de decirme algo, lo que de veras le asustaba, pero se frenaba cada vez, limitándose a decir, mientras se santiguaba: «*Walpurgis-Nacht!*».

Intenté razonar con él, pero era difícil hacerlo con un hombre cuyo idioma yo desconocía. Él jugaba con ventaja porque, aunque arrancaba hablando en inglés, un inglés muy rudimentario y entrecortado, siempre acababa poniéndose nervioso y volviendo a su idioma, y cada vez que lo hacía miraba el reloj. Los caballos se pusieron nerviosos y olfatearon el aire. Cuando esto sucedió, el cochero empalideció y, mirando asustado a su alrededor, corrió a tomarlos por las bridas y los hizo avanzar unos cinco o seis metros. Lo seguí y le pregunté por qué había hecho tal cosa. A modo de respuesta se santiguó, señaló el lugar del que acabábamos de apartarnos y acercó el carruaje al otro camino. Indicándome una cruz dijo, primero en alemán y luego en inglés:

—Enterrado. Uno que se suicidó.

Recordé la vieja costumbre de enterrar a los suicidas en los cruces de caminos.

—Entiendo, un suicida. ¡Qué interesante!

Pero aunque me fuera la vida en ello no podría decir qué era lo que asustaba a los caballos.

Mientras hablábamos oímos un sonido a medio camino entre un gañido y un ladrido. Sonó muy lejos, pero los caballos se inquietaron mucho y a Johann le llevó un buen rato calmarlos. El cochero estaba muy pálido.

—Parece un lobo. Pero aquí no hay en esta época.

—¿De veras? —pregunté—. ¿No es cierto que hace mucho que no se ven tan cerca de la ciudad?

—Hace mucho, mucho tiempo —respondió—, sobre todo en primavera y verano; pero con nieve se han visto lobos no hace tanto.

Mientras el cochero acariciaba a los caballos intentando calmarlos, unas nubes oscuras corrían por el cielo. Se ocultó el sol y llegó un hálito frío. No fue más que una ráfaga de aire, no obstante, y más similar a una advertencia que a un hecho consumado, ya que pronto el sol volvió a brillar con toda su fuerza. Johann escrutó el horizonte colocando la mano a modo de visera y dijo:

—Tormenta de nieve llegar pronto.

Volvió a consultar el reloj y, de la misma, aferrando las riendas, pues los caballos seguían pateando incansables el suelo y agitando la cabeza, trepó al pescante como si fuera hora de retomar la marcha.

Fui un poco obstinado y no entré en el carruaje.

—Hábleme de adónde lleva ese camino —dije señalando en aquella dirección.

Una vez más se santiguó y farfulló una oración antes de responder:

—Está maldito.

—¿Qué está maldito?

—El pueblo.

—¿Entonces hay un pueblo?

—No, no. Desde cientos de años nadie vivir allí.

Me picó la curiosidad.

—Pero dice que hay un pueblo.

—Lo había.

—¿Ya no?

Se enfangó en una larguísima historia, saltando con tanta frecuencia del alemán al inglés y viceversa, que yo apenas podía entenderlo, pero a duras penas capté que hacía mucho tiempo, cientos de años, allí habían muerto muchas personas, a las que habían enterrado en el lugar; y luego se oían ruidos bajo la arcilla, y cuando abrieron las tumbas se encontraron con hombres y mujeres aún con la piel rosácea de los vivos y la boca ensangrentada. Y después, desesperados por salvar la vida ¡y el alma! —y al decir esto se santiguó— los que quedaban huyeron a otros parajes, donde los vivos vivían y los muertos estaban muertos y no... otra cosa. Quedó manifiesto su miedo a pronunciar estas últimas palabras. Cuando retomó su narración se excitó más y más. Parecía como si su imaginación hubiera hecho presa en él, conduciéndolo a un paroxismo de miedo: piel blanca, sudores, temblores y miradas fugaces alrededor, como si temiera que alguna presencia espantosa pudiera manifestarse a plena luz del sol y en terreno abierto. Finalmente, llevado por una desesperación agónica, exclamó: «*Walpurgis-Nacht!*» y señaló el carruaje para pedirme que montara. La totalidad de mi sangre inglesa se rebeló ante eso y, plantándome con firmeza, dije:

—Está usted asustado, Johann, está usted asustado. Vuelva a casa. Yo regresaré por mi cuenta; el paseo me vendrá bien. —Cogí del asiento del carruaje mi bastón de marcha de madera de roble, que siempre llevo en las excursiones, y cerré la puerta.

Señalé en la dirección de Múnich y dije—: Vuelva a casa, Johann. La *Walpurgis-Nacht* no afecta a los ingleses.

Los caballos estaban más inquietos que nunca y Johann trataba de contenerlos, mientras no cesaba de implorarme nervioso que no cometiera tal tontería. Me compadecí del pobre hombre, que me hablaba muy en serio, pero aun así yo no podía evitar reírme. Su inglés se había esfumado. Presa del nerviosismo, se había olvidado de que la única forma de hacerme comprender lo que sucedía era hablar en mi idioma, y farfullaba en alemán. Aquello empezaba a resultar aburrido. Tras volver a señalarle la dirección, «¡A casa!», me dispuse a dejar atrás el cruce de caminos y adentrarme en el valle.

Con expresión desesperada, Johann hizo dar media vuelta a los caballos, en dirección a Múnich. Me apoyé en el bastón y observé cómo se alejaba. Al principio fue despacio, luego hizo aparición sobre la cresta de la colina un hombre alto y delgado. No distinguí más, estando tan lejos. Cuando se acercó a los caballos, estos empezaron a corcovear y cocear, y relincharon de terror. Johann no pudo contenerlos; se lanzaron al galope por la carretera, despavoridos. Los miré hasta que se perdieron de vista. Busqué a continuación al desconocido, pero me encontré con que también él se había esfumado.

Con ánimo despreocupado di media vuelta y eché a caminar por el camino que se adentraba en el valle, por el que Johann había rehusado llevarme. No había ni la menor razón que yo alcanzara a vislumbrar para su negativa; y no tengo reparos en decir que caminé durante las dos horas siguientes sin prestar atención a la hora ni a la distancia recorrida, y sin ver ni asomo de personas o de viviendas. Por lo que respecta al lugar, era pura desolación. Pero eso no llamó mi atención particularmente hasta que, al doblar una curva del camino, llegué un sotillo; me percaté entonces que, de manera inconsciente, me venía sintiendo impresionado por la desolación del paraje.

Me senté a descansar y miré a mi alrededor. Advertí que hacía mucho más frío que cuando inicié el paseo; se oía una suerte de sonido gimiente, en el que se intercalaba de tanto en cuando un bramido sordo. Miré hacia arriba y descubrí que gruesos nubarrones surcaban el cielo desde el norte y hacia el sur, a gran altura. Había indicios de la gestación de una tormenta incipiente en un estrato elevado de la atmósfera. Estaba un poco destemplado, así que, pensando que me estaba enfriando por detenerme tras el ejercicio, retomé la marcha.

El terreno por el que ahora iba era mucho más pintoresco. No había elementos llamativos que atrajeran la mirada pero en todo imperaba una suerte de encanto. No presté atención a la hora y solo cuando el crepúsculo se hizo manifiesto empecé a pensar en cómo dar con el camino de vuelta a casa. La luminosidad previa había desaparecido. Hacía frío y cada vez más nubes se deslizaban por el cielo. Las acompañaba un soplido lejano, entre el que se abría paso a intervalos aquel misterioso aullido que el cochero había atribuido a un lobo. Por un instante vacilé. Pero había dicho que vería el pueblo desierto, así que seguí adelante, y poco después llegué a una amplia extensión de campo abierto, rodeada de colinas. Las laderas de estas se hallaban pobladas de árboles, que descendían hasta la llanura, donde formaban pequeños sotos en las pendientes y declives. Seguí con la mirada el camino y vi que trazaba una curva cerca de uno de los sotos más densos y desaparecía tras él.

El aire se tornó más frío y empezó a nevar. Pensé en los kilómetros y kilómetros de paraje desolado que había recorrido, y me apresuré a buscar refugio en el sotillo que tenía delante. El cielo no dejaba de oscurecerse y la nieve caía con más fuerza y más tupida, hasta que el suelo se convirtió en un resplandeciente manto blanco cuyos límites se perdían en una indefinición neblinosa. El camino en aquel punto era muy rudimentario, y en terreno llano sus bordes no estaban tan claros como cuando discurría por laderas; y no tardé en darme cuenta de que en algún momento me había apartado de él, pues bajo mis suelas ya no sentía una superficie dura, sino que los pies se me hundían en la hierba y el musgo. El viento arreció y su fuerza no cesó de aumentar, hasta obligarme a correr para guarecerme. La temperatura se tornó helada y, pese al ejercicio, empecé a sufrir el frío. La nieve caía ahora muy cerrada y giraba a mi alrededor formando vertiginosos remolinos, de manera que yo apenas podía mantener los ojos abiertos. De cuando en cuando un nítido rayo rasgaba los cielos, y los destellos me permitieron ver, frente a mí, una gran masa de árboles, tejos y cipreses sobre todo, cubiertos por una gruesa capa de nieve.

Estuve pronto al cobijo de los árboles, y allí dentro, en el silencio que reinaba en comparación, oí el soplido del viento en las alturas. Poco después la negrura de la tormenta se confundió con la de la noche y, poco a poco, la tormenta fue pasando; ya solo quedaban de ella unas ráfagas de viento, fuertes pero intermitentes. En tales momentos, el extraño sonido del lobo parecía multiplicarse en forma de ecos a mi alrededor.

De cuando en cuando, entre la negra masa de nubes en movimiento asomaba un lánguido rayo de luz lunar que iluminaba el lugar y me informaba de que me encontraba al borde de una densa masa de cipreses y tejos. Como había dejado de nevar, abandoné el refugio e investigué un poco. Se me ocurrió que, entre todos los antiguos cimientos junto a los que había pasado, a lo mejor quedaba alguna casa que, si bien en ruinas, pudiera proporcionarme un buen cobijo para pasar unas horas. Al rodear el sotillo, descubrí un muro bajo que lo circundaba y, siguiéndolo, llegué a una abertura. Los cipreses formaban allí un sendero que conducía a la cuadrada silueta de una suerte de construcción. Pero en el momento preciso en que alcancé a ver esto, las nubes ocultaron la luna y hube de recorrer el sendero entre tinieblas. El viento debía de ser más frío ahora, pues me puse a temblar; pero al menos contaba con la perspectiva de un refugio, así que seguí adelante a tientas.

Me detuve, en respuesta a una quietud repentina. La tormenta había pasado; y, simpatizando quizá con el silencio de la naturaleza, mi corazón parecía haber cesado de latir. Pero fue solo algo pasajero, pues de pronto la luz de la luna se abrió paso entre las nubes, revelándome que me hallaba en un cementerio, y que la silueta cuadrada ante mí era una enorme y maciza tumba de mármol, tan blanca como la nieve que yacía sobre ella y a su alrededor. Junto con la luz de la luna llegó el fiero lamento de la tormenta, que parecía haber retomado su curso con un aullido sordo y prolongado, como el de numerosos perros o lobos. Yo estaba impresionado y asustado, y sentí cómo el frío penetraba en mí hasta atenazarme el corazón. Mientras el manto de luz lunar continuaba tendido sobre la tumba de mármol, la tormenta dio muestras adicionales de recobrar fuerzas, como si volviera sobre sus pasos. Impulsado por alguna clase de fascinación, me aproximé al sepulcro para verlo mejor y averiguar por qué ocupaba un lugar aislado y destacado. Caminé a su alrededor y, sobre la puerta dórica, leí, escrito en alemán:

CONDESA DOLINGEN DE GRATZ
EN ESTIRIA
BUSCÓ Y HALLÓ LA MUERTE
1801

En lo alto de la tumba, aparentemente clavada en el sólido mármol —pues la estructura la componían unos pocos e inmensos bloques de piedra—, había una gran barra de hierro, o quizá un gran pincho. En la parte trasera de la tumba figuraba grabado en grandes caracteres rusos: LOS MUERTOS VIAJAN DEPRISA.

Había algo tan raro y misterioso en todo aquello que sufrí un vahído y sentí que me faltaban las fuerzas. Deseé, por primera vez, haber seguido el consejo de Johann. Me asaltó un pensamiento, inspirado por las inusuales circunstancias en que me encontraba y que me causó una terrible impresión. ¡Era la noche de Walpurgis!

La noche de Walpurgis, cuando, de acuerdo a la creencia de millones de personas, el diablo anda suelto, cuando las tumbas se abren y los muertos emergen y caminan sobre la tierra. Cuando todo lo maligno proveniente de la tierra, el aire y el agua campa a sus anchas. El cochero había querido evitar aquel sitio en particular. Aquel pueblo abandonado hacía siglos. Allí era donde yacían los suicidas, y allí era donde me hallaba yo, solo, desguarnecido, temblando de frío, rodeado de nieve y con una fuerte tormenta cerniéndose sobre mí. Hube de recurrir a toda la filosofía y a toda la religión que me habían inculcado, a todo mi valor, para no ceder al miedo.

Y a continuación un auténtico tornado cayó sobre mí. El suelo tembló como si miles de caballos lo surcaran al galope; y esta vez la tormenta desplegó sus heladas alas, no en forma de nieve, sino de gruesas piedras de granizo, que caían con tanta fuerza como si fueran lanzadas por honderos baleares; granizo que rompía hojas y ramas de manera que los cipreses no prestaban más cobijo del que proporcionarían los tallos de un maizal. Mi primera reacción fue correr hacia el árbol más próximo, pero pronto hube de abandonarlo y buscar protección en el único sitio que podría proporcionarla, el profundo umbral dórico de la tumba de mármol. Allí, acurrucado contra la gran puerta de bronce, me vi aceptablemente a salvo del castigo del granizo, dado que ahora solo llegaban hasta mí las piedras que salían rebotadas tras chocar contra el suelo o el mármol.

Al apoyarme en la puerta, esta cedió y se abrió hacia dentro. Incluso el refugio de una tumba resultó bienvenido bajo aquella tempestad implacable, y estaba yo a punto de entrar cuando un rayo de múltiples brazos iluminó toda la extensión del cielo. Juro por mi vida que vi entonces, cuando los ojos se me habituaron a la oscuridad de la tumba, a una hermosa mujer, de mejillas rellenas y labios rojos, que parecía dormir tendida sobre unas andas. Cuando el trueno restalló en las alturas, sentí como si la mano de un gigante me apresara y me vi arrojado de nuevo bajo la tormenta. Fue todo tan repentino que, antes de reponerme de la impresión, tanto moral como física, me encontré acribillado por el granizo. Al mismo tiempo experimenté la sensación extraña e imperiosa de no hallarme solo. Miré hacia la tumba. Cayó justo entonces otro relámpago cegador, que golpeó la barra de hierro que coronaba la tumba y a través de la cual descendió hasta el suelo, sacudiendo y quebrando el mármol, entre una ráfaga de llamaradas. La muerta se alzó por un instante, presa de la agonía, lamida por las llamas, y su amargo grito de dolor quedó ahogado por el trueno. Lo último que oí fue esa aterradora combinación de sonidos, pues una vez más me vi atrapado por la misma presa de gigante de antes y alejado a rastras, mientras el granizo me ametrallaba y el aire reverberaba con el aullido de los lobos. La última imagen que recuerdo es la de una tenue y blanca masa en movimiento, como si todas las tumbas a mi alrededor hubieran expulsado los fantasmas de sus muertos amortajados, y estos se cernieran sobre mí a través de la blanca borrosidad del granizo.

Poco a poco fui recobrando un débil inicio de conciencia; a continuación padecí un cansancio aterrador. Por unos momentos no pude recordar nada, pero lentamente recobré el uso de los sentidos. Un fuerte dolor me atormentaba los pies; no podía moverlos. Parecían paralizados. Una sensación de frío helador partía de mi nuca y descendía por la columna vertebral, y mis oídos, al igual que los pies, estaban muertos, pero me dolían; no obstante, sentía en el pecho una calidez que, en comparación, resultaba deliciosa. Se trataba de una pesadilla, una pesadilla física, si es que puede emplearse tal expresión, pues un gran peso sobre mi pecho me dificultaba respirar.

Ese periodo de semiletargo pareció prolongarse largo tiempo, durante el que debí de caer dormido o desvanecerme. Experimenté a continuación náuseas, como un primer asomo de mareo, y el deseo irrefrenable de liberarme de algo, no sabía de qué. Me rodeaba una profunda quietud, como si el conjunto del mundo se hubiera dormido o muerto, rota tan solo por el leve jadeo de algún animal próximo a mí. Algo caliente me raspó la garganta, y con ello llegó la espantosa revelación de lo que estaba sucediendo, helándome el corazón y haciendo que la sangre me subiera en oleadas al cerebro. Había un animal grande tendido sobre mí, lamiéndome el cuello. Evité moverme, una prudencia instintiva me hizo quedarme inmóvil; pero la bestia debió de percatarse de que algún cambio se había producido, pues alzó la cabeza. Entre las pestañas, vi sobre mí los grandes ojos llameantes de un lobo inmenso. Los dientes, blancos y afilados, brillaban en la boca entreabierta y roja, y sentí su aliento, caliente, fuerte y acre, en la cara.

Siguió otro intervalo del que no conservo ningún recuerdo. Cobré a continuación conciencia de un gruñido sordo, seguido por un gañido, que se repitió una y otra vez. Proveniente de muy lejos oí: «¿Hay alguien ahí? ¿Hay alguien ahí?», como si muchas voces gritaran a la vez. Con cautela, levanté un poco la cabeza y miré en la dirección de la que provenía el sonido, pero el cementerio me bloqueaba la vista. El lobo seguía gañendo de aquel modo extraño, y un resplandor rojizo hizo aparición entre los cipreses y se desplazó como si siguiera el sonido. Cuando las voces se acercaron, el lobo gañó más rápido y más fuerte. Me daba miedo hacer cualquier movimiento o ruido. El resplandor rojizo se acercó más, reflejado en el blanco palio de nieve. Proveniente del otro lado de los árboles apareció una tropa de jinetes al galope, portando antorchas. El lobo se levantó de mi pecho y se alejó hacia el cementerio. Vi a uno de los jinetes (soldados, a juzgar por sus tocados y los amplios capotes militares) alzar su carabina y apuntar. Un compañero le apartó el arma de un golpe y oí silbar la bala sobre mi cabeza. Me había confundido con el lobo. Otro soldado avistó al animal mientras este se escabullía y hubo un segundo disparo. Al galope, la tropa siguió adelante, dividiéndose en dos; unos en mi dirección, otros siguiendo al lobo, que desapareció entre los cipreses nevados.

Cuando se acercaron traté de moverme, pero estaba inerme, pese a que podía ver y oír cuanto sucedía. Dos o tres soldados echaron pie a tierra y se arrodillaron junto a mí. Uno me alzó la cabeza y me puso una mano sobre el corazón.

—¡Buenas noticias, camaradas! —exclamó—. ¡Su corazón aún late!

Me vertieron un poco de brandi en la boca, que me revigorizó, y pude abrir los ojos del todo y mirar alrededor. Luces y sombras se movían entre los árboles, y oí a los hombres llamarse entre ellos. Se agruparon, profiriendo exclamaciones de miedo, y las luces centellearon cuando otro grupo emergió del cementerio en tropel, como poseídos. Cuando se acercaron a nosotros, los que estaban conmigo preguntaron ansiosos:

—¿Lo habéis encontrado?

La respuesta llegó atropelladamente.

—¡No, no! ¡Vayámonos de aquí! ¡Rápido! Este no es sitio para estar, ¡y menos esta noche!

«¿Qué era eso?», fue la pregunta que formulaban de un centenar de maneras. Las respuestas eran diversas e inconcretas, como si los hombres sintieran el impulso de hablar y aun así un miedo compartido les llevara a callar lo que pensaban.

—Era... era... ¡Ya lo creo que sí! —farfulló uno, al que el juicio parecía haberle abandonado de manera pasajera.

—Un lobo, ¡pero en realidad no! —dijo otro con un escalofrío.

—De nada sirve ir tras él si no tenemos una bala previamente bendecida —comentó otro en tono más normal.

—¡Por esta noche ya hemos cumplido! ¡Nos hemos ganado los mil marcos! —exclamó un cuarto.

—Había sangre en los trozos de mármol —dijo otro tras una pausa— y eso no fue por el rayo. En cuanto a él, ¿está bien? ¡Fijaos en su garganta! Mirad, camaradas, el lobo estaba tumbado sobre él para mantenerlo caliente.

El oficial me miró la garganta y contestó:

—Se encuentra bien. La piel no está desgarrada. ¿Qué significa esto? Nunca lo habríamos encontrado de no haber sido por los gañidos del lobo.

—¿Qué ha sido de esa cosa? —preguntó el que me sostenía la cabeza, y que parecía el menos afectado por el pánico; sus manos estaban firmes, sin asomo de temblor. En la manga llevaba un galón de oficial de bajo rango.

—Se ha ido a su casa —respondió un hombre de rostro alargado y pálido, que temblaba de miedo mientras no dejaba de mirar a su alrededor—. Aquí hay tumbas de sobra donde puede yacer. Vayámonos, camaradas. ¡Vayámonos rápido! Salgamos de este sitio maldito.

El oficial me irguió hasta dejarme sentado y pronunció una orden; entre varios hombres me subieron a un caballo. El oficial montó detrás de mí, me sujetó entre sus brazos y dio orden de ponerse en marcha. Dando la espalda a los cipreses, nos alejamos deprisa y en formación.

Mi lengua seguía rehusando funcionar, así que yo permanecía forzosamente en silencio. Debí de dormirme porque lo siguiente que recuerdo es estar en pie, sujetado por un soldado a cada costado. Era casi pleno día y al norte el sol proyectaba una lista roja sobre la extensión de nieve. El oficial decía a los hombres que no contaran nada de lo que habían visto, salvo que encontraron a un inglés protegido por un perro grande.

—¡Un perro! Eso no era un perro —lo interrumpió el hombre que tanto miedo había manifestado—. Sé reconocer a un lobo cuando lo veo.

El joven oficial respondió con serenidad:

—He dicho un perro.

—¡Un perro! —replicó el otro irónicamente. Con la salida del sol estaba recuperando el valor. Señalándome, dijo—: Mire su garganta. ¿Es eso obra de un perro, señor?

Instintivamente, me llevé la mano al cuello y, al tocarlo, grité de dolor. Los hombres se arremolinaron a mi alrededor para mirar, algunos tras saltar de sus sillas de montar, y una vez más se oyó la serena voz del oficial.

—Un perro, como he dicho. Si dijéramos cualquier otra cosa solo conseguiríamos que se rieran de nosotros.

Me hicieron montar a la espalda de uno de los jinetes y entramos en los suburbios de Múnich. Allí encontramos un carruaje libre, al que monté y que me llevó al Quatre Saisons; el joven oficial me acompañó, mientras que un jinete nos seguía llevando el caballo de aquel y los demás se retiraban a sus barracones.

Cuando llegamos, herr Delbrück bajó tan apresuradamente a recibirme que resultó evidente que me había estado esperando. Tomándome las manos me condujo con gran cuidado al interior. El oficial me saludó y ya se estaba dando media vuelta para irse cuando le insistí para que me acompañara a mis habitaciones. Con una copa de vino en la mano le di sentidamente las gracias, a él y a sus camaradas, por salvarme. Respondió que estaba feliz de haberlo hecho y que herr Delbrück se había ocupado desde el primer momento de gratificar a la partida de búsqueda. Ante esas desconcertantes palabras, el *maître d'hôtel* se limitó a sonreír; por su parte, el oficial adujo que el deber lo llamaba y se retiró.

—Herr Delbrück —pregunté—, ¿cómo y por qué razón fueron los soldados en mi búsqueda?

Se encogió de hombros, como si quisiera quitar importancia a lo que había hecho.

—Tuve la suerte de que mi antiguo comandante de regimiento me concediera permiso para solicitar voluntarios.

—¿Pero cómo sabía usted que me había perdido?

—El cochero vino a verme con lo que quedaba del carruaje, que sufrió serios desperfectos cuando los caballos se desbocaron.

—¿Y solo por eso envió usted una partida militar de búsqueda?

—Claro que no —respondió—. Antes incluso de que llegara el cochero, recibí este telegrama del boyardo que lo ha invitado a usted.

Sacó del bolsillo un telegrama que me tendió y en el que leí:

Bistritza:

Cuide usted de mi invitado. Su seguridad es de lo más preciada para mí. Si algo le sucediera, o en caso de perderse, no repare usted en medios para encontrarlo y garantizar su seguridad. Es inglés y por lo tanto temerario. La nieve, los lobos y la noche son fuentes de peligro. No se demore un instante si sospecha de cualquier perjuicio que él pueda sufrir. Compensaré su celo con mi fortuna.

DRÁCULA

Mientras sostenía el telegrama sentí que la habitación daba vueltas a mi alrededor, y si el atento *maître d'hôtel* no me hubiera sujetado, habría caído al suelo. Había algo tan extraño en todo aquello, tan inquietante e imposible de concebir, que me sentí como si fuerzas desconocidas jugaran conmigo, idea que bastó para paralizarme. Me hallaba bajo alguna forma de protección misteriosa. Desde un país lejano había llegado, justo a tiempo, un mensaje que me rescató del peligro de morir congelado y de las fauces del lobo.